海辺の町で間借り暮らし

守雨

富士見Ｌ文庫

目次

プロローグ　燃える我が家……5
第一章　意地でも幸せになってやる……17
第二章　ハレとケの区別のない日々を歩む……80
第三章　平静を装っても跳ねる心臓……138
第四章　遠い日の落とし物を三十で拾う……195
第五章　流浪の日々を歩いて家に帰る……234

優しい意地悪……295
深山奏とカニ……303
桂木さんと猫……309

プロローグ　燃える我が家

プラスチックが燃えるような、嫌な臭いで目が覚めた。枕元のスマホを手に取って見ると、午前二時。引っ越しの疲れで、昨夜は早い時間に眠った。

「こんな時間にゴミを燃やしている老人でもいるのかしら」と思った直後に飛び起きた。スマホの弱い光で、天井付近にまっ黒な煙が溜《た》まっているのが見えたのだ。

「うそっ！　なんでっ！」

まだ台所を使ってないのに！　何を持ち出せばいい？　どこから逃げればいい？

心臓がバクバクし始める。スマホを左手で握ったまま、部屋の灯《あか》りをつけようとしたが、フロアスタンドはうんともすんとも言わない。

スマホの照明をつけ、床に置いてあったバッグを肩にかける。それから慌てて机に戻った。

「通帳！」

震える手で引き出しの中の通帳を探していると、ドン！と何かが破裂する音と衝撃。台所の方からだ。卓上コンロのカセットボンベか？　私の膝が細かく震え始めた。

通帳をバッグに入れ、靴を履いて逃げなきゃと寝室のドアに向かった。そしてドアノブに触れて飛び上がった。ドアノブは熱したフライパンみたいに熱かった。

「落ち着いて。落ち着いて。お金とスマホ、ある。通帳もある。大丈夫、これで生きていける」

シャッとカーテンを開けてギョッとした。たくさんの顔が並んでこっちを見ている。火事場見物か。見物する暇があったら石でも投げて私を起こしてほしかったよ。

木枠のガラス窓をガタゴトと開けたら見物人から驚きの声が聞こえてきた。

「人がいるぞ！」

「あんた！　早く逃げろ！」

わかってる。今逃げるところです！

夜の冷たい風が吹き込んでくる。胸の高さの窓を乗り越えようとして、自分が冗談みたいにガタガタ震えていることに気がついた。普段なら楽に乗り越えられる高さなのに、力が入らずモタついてしまう。

背後で再びドンッ！という破裂音。天井に溜まっていた黒い煙が、私よりも先に窓から出て行く。見物人の中から一人の男性が駆け寄って来た。

「跳びなさい！　抱えるから！　早く跳んで！」

「あっ！　待って、パソコン！」

「パソコンなんていい！　早くしないと焼け死ぬぞ！」

『焼け死ぬ』というパワーワードを聞いて、少し冷静になる。

相変わらず全身が震えているけれど、窓枠に手をかけて思い切ってジャンプした。男の人が私を引っこ抜くように持ち上げてくれた。その人がよろめき、二人でドサリ、ゴロンと転がった。私は土の上に倒れたまま、自分の家を振り返った。

私を養子にして可愛《かわい》がってくれたシゲさんの遺産が。私の家が。

ここ鯛埼町《たいさきまち》に引っ越してから数時間しか過ごしていない古い家が。目の前で盛大に火の粉を噴き上げながら燃えていた。

◇　◇　◇

家は全焼した。今は朝の七時。

家の最期を見届けた私に、隣人だという男性が声をかけてきた。自分の家に来て休めと言う。疲れてはいたが、見ず知らずの人の家に上がり込むのは気が進まない。

「いえ、お気持ちだけいただきます。ありがとうございます」

すると男性は柔らかな笑みを浮かべてもう一度誘ってきた。

「困ったときはお互い様ですよ。知らないおじさんの家は怖いですか？」

「いえ、そんな」

そこまで言われて頑《かたく》なに断る気力がなかった。今はとにかく疲れていて、言いなりになるほうが楽かもね、と思う。

「では少しだけお邪魔します」

お隣さんは私を玄関へと案内してくれた。門の鍵はお隣さんが近づいただけでカチャリと音を立てた。玄関までの美しい芝生は手入れが行き届いているし、広い玄関はたった今水拭きしたのかと思うほど、ピカピカだ。

「災難でしたね。さあ、とりあえず座ってください。こういうときは遠慮をしてはいけません。私は桂木《かつらぎ》といいます」

「申し遅れました。私は鮎川《あゆかわ》紗枝《さえ》です」

「消防の人が言っていましたが、火元は若者が遊んでいたロケット花火だそうですね」

「ロケット花火……ああ、うるさかったので私、途中から耳栓をして眠っていました」

「そうでしたか。おなかも空《す》いたでしょう？　お茶とパンしかありませんが、よかったらどうぞ」

昨夜は外で若い人たちが騒いでいた。秋だというのに花火と浮かれた歓声。海辺だからそんな人もいるのかもね、と私は耳栓をして寝た。

陽気な若者がはしゃいだ結果、私の家は燃えてしまった。

私の前に座っている桂木さんは四十代後半くらいだろうか。

白髪交じりの髪は長めで、贅沢《ぜいたく》な設《しつら》えの家といい着ている服といい、普通の会社員ではなさそうだ。

桂木さんが着ているのはロロ・ピアーナの新作だと思う。ファッション誌で見た記憶ではたしか二十万以上はしたような。言っても毛糸のセーターなのに恐ろしい値段だ。しかもこの人、普段着で着てる。

桂木さんは大変なイケメンで、お顔が完璧な左右対称。この年齢でこれだけ美しいのなら、若い頃はどれほどだったのやら。


自分がいる広いリビングをそっと見回した。

桂木さんの家は私の家との間《あいだ》にある市道と広い芝生の庭のおかげで、庭木は少し焦げていたが邸宅は無傷だ。

市道の向こう側にすごい家があるなとは思っていたけれど、室内もちょっと見たことがないくらい家具と内装にお金がかけられている。

出された紅茶はとても香りが豊かだ。甘いチーズクリームが挟んであるパンも美味《おい》しい。このパン、近所のパン屋さんのだったら嬉《うれ》しいな。

……いや違うわ！　今はそこじゃない。

どこかの浮かれた若者のせいで、私の人生設計はめちゃくちゃだ。老後を見据えたおひとり様生活は、初日に家を燃やされ、仕事の締め切りも迫っていて前途多難だ。

「私、昨日の夕方からあの家に住み始めたばかりで」

「そのようですね。本当にお気の毒に」

「仕事で使うパソコンも燃えてしまって。締め切りがもうすぐなのに、原稿はパソコンの中だったんです。ああ、こんなことを桂木さんに言うべきではないですね。すみません」

「データはクラウドに保存してないのですか？」

「まだネットが開通していなくて。最後まで書いてからテザリングして保存しようと思っていたんです。保存する前に眠ってしまった私が不注意でした」

「今は自分を責めないほうがいい」

「そうかもしれませんね。今、ちょっと動揺と興奮と失望がごちゃ混ぜで、言葉の選択が変になっているかもしれません」

親切に家に入れてくれて食べ物まで提供してくれたこの人に、愚痴を言ってどうする。愚痴は無駄だ。言ったところで原稿もパソコンも家も戻らない。

それに、朝まで燃える家を見ながら立っていたからへとへとだ。そして、こんな時でもパンは美味しい。お茶も美味しい。そんな自分がとても滑稽に思える。

「ごちそうさまでした。そろそろ出かけます」

私がそう言うと、桂木さんが眩《まぶ》しそうな、困ったような表情で尋ねてくる。

「失礼ですが、どちらへ？」

「どこかホテルを確保しなくては。保険会社にも連絡しなくちゃならないですし、なにより、締め切りが迫った原稿を仕上げないと。ああ、その前にパソコンを買わなきゃでした。罹《り》災《さい》証明書も必要だったかな……。ありがとうございました。ではこれで失礼します。お茶とパンをごちそうさまでした。美味しかったです」

立ち上がった私に、桂木さんは同情の滲《にじ》む表情で思いがけないことを言う。

「鮎川さん、パソコンなら私のをお貸しします。使ってないのがありますから」

「えっ？　いえいえ、それは大丈夫です。パソコンを買うぐらいのお金はありますから」

「それと、多分この周辺のホテルはどこも満室です。人気グループのコンサートが明日隣の市の市民ホールで行われるんです。ロケット花火の連中も、そのコンサートに来たんじゃないかな」

「え」

ほんとに？　宿も取れないの？　驚きのあまりぼんやりしてしまう。

「ええと、ええと、では民宿を探します」

「民宿も民泊も全部満室だと、二日前に観光協会の人に聞きました」

「本当ですか？」

「ええ。念のため、私が電話で観光協会に確認しますから。それから動いた方が」

「そう、ですね。ではお手数をおかけしますが、お願いします」

ぺこりと頭を下げてもう一度椅子に腰を下ろした。桂木さんはスマホで相手を呼び出し、愛想よく会話をしている。

「あっ、会長さん？　桂木です。ご無沙汰しています。早朝にすみませんね。その節はお世話になりました。ええ、ええ、そうなんですよ。あ、そうでしたか。それはよかった」

私はこれから疲れ切った身体《からだ》と頭でやることが山のようにあるのに、世の中は何事もないように通常運転で動いている。電話でののんびりしたやり取りを聞いていたら、絶望がひしひしと胸に湧いてくる。

いやここで泣くな。みっともない。

「それで会長、つかぬことをうかがいますが、宿泊施設はどこか空いてますかね？　ああ、そう。やっぱり。そうですよね。ええ、わかります。いえ、大丈夫です。ご心配なく。はい、はい。では失礼します」

スマホを切って、桂木さんは眉を下げた。

「やはりどこも満室だそうです」

「はぁぁ。そうですか、わかりました。ありがとうございました。では私はこれで失礼いたします」

「鮎川さん、落ち着いて。まずこれからどうするんですか？」

「まずは……まずはパソコンを買います。個人情報に関わるやり取りもあるので、ネットカフェで仕事するのは控えているんです。今日中に原稿を入れないと、収入と信用を両方失うんです」

「私のパソコンを使いなさい。どうしても買いたいなら私が量販店まで送ります。歩いて行くと一時間半はかかりますし、バスは本数が少ない上に量販店まで行くには乗り継ぎが必要です。初めてだと難しいですよ？」

「タクシーで行きます。……ああ、もう作業する場所が無いので東京に戻って、ホテルを探します。……あれ？　いろんな手続きをするには、まだここにいたほうがいいのかな……焼け出されたのは初めてなんで、わからないことばかりです」

限界だ。もうコップに水は一滴も入らない。

「困っちゃいますね」

笑おうとしたけど、上手《うま》くできなかった。私は今、ものすごく不細工な表情をしているはずだ。

せめて初対面の人に泣き顔を見せるようなことはしたくない。私は両手で顔を覆って深呼吸をした。

『泣いて現実から逃げる人間』を軽蔑してきた私。

『何があっても人前で弱音を吐くなよ』の私。

そんな私が知らない人の前で無様に泣きそうだ。耐えろよ、私。

「気丈な人だな。普通なら火事の現場で泣いてますよ。だけどね、鮎川さん。こんなときは力を抜くことも必要ですよ？　助けてくれるという人がいたら、頼ったらいいじゃない。私のパソコンを使いなさい。そして眠れるならうちの客間を使って、少しでも眠ったほうがいい。私の世話になりたくないのなら、そうだなあ」

そう言って桂木さんが穏やかに笑う。

「『い』から始まる文を考えてくれないかな。それで私の手助けはチャラです」

「『い』から始まる文ですか？　って、よくわからないですけど」

ダムが決壊する寸前に泣き止《な》《や》むことができた。イケオジ、ありがとう。

「最近、趣味で川柳を始めたんです。五七五にこだわらない自由律の。『い』、なにかないかな。鮎川さん、さっき原稿の締め切りって言ってたけど、作家さんなの？」

「いえ、フリーライターで、文章を書く仕事なら、依頼があればなんでもこだわりなく書いています」

「そうなんですか。言葉を扱う専門家がどんな言葉を選ぶのか聞いてみたいです」

よくわからないけれど、それがこの親切の対価なら何か言わなきゃ。あれもこれも詰んでいる以上、今日はこの人の助けをお借りしよう。もう、気力の限界だ。

「い……いつまでも一緒だよと言っていた男が浮気した」

「ふむ」

「い……いい女のふりも三度まで」

「ふふふ」

「いつか有名になってやる」

「いいね」

「意地は悪いが仕事はできる」

「いるいる」

「いつかはレクサスと唱えながらカーシェアリング」

「ほう」

「いけ好かない女だが、媚《こ》び続ける根性は認めよう」

「心が広い」

だんだん悲壮感が薄れてきた。イケオジは人の機嫌を直すのが上手い。合いの手を入れ慣れていて、可笑《おか》しくなってくる。

「い……意地でも幸せになってやる！」

「なれる。問題ない」

なんか笑えてくる。たぶんいい人なんだろうな、この人。基本的に人を信用しない私だけれど、もう疲れ切っていて、その上やるべきことが多すぎる。今は誰かを警戒する気力も体力も底をついていた。ここでこの人に助けてもらってもいいか、と思い始めた。

「桂木さん、ありがたくパソコンをお借りします」

「あなたの発想は、ずっと続けてほしいぐらい面白い。だけどこのへんで我慢しよう。さ、もう仕事しなさい。どうぞ、このパソコンを使って。パスワードなしです。急いでいるんでしょ？　それから一時間でも二時間でも眠ったほうがいい」

そうだ、仕事しなきゃ。私には仕事がある。

引っ越したばかりの家は燃えてしまったけど、私にはまだ仕事が残っている。私にとって仕事はパンドラの箱に残された希望だ。最後まで残って私を励ましてくれる。

うん、まだ大丈夫。まだなんとかなる。

「頑張って」

「はい。では失礼して書いてきます」

桂木さんが笑顔でパソコンを差し出し、私はありがたく受け取った。

第一章　意地でも幸せになってやる

引っ越しする少し前のことだ。

「紗枝《さえ》ちゃん、いつまでも一緒だよ」

最後に二人で出かけた時、当時恋人だった大杉港《おおすぎみなと》が大真面目な顔で私にそう言った。

(君もそれを言うんだね)と思った。

過去に似たようなセリフを言った男性が三人いた。その三人は現在、全員私の世界から消えている。

などということは私の側だけの話だ。私は笑顔で「ありがとう」と返した。

港からのお出かけの誘いを立て続けに三回仕事で断って、さすがに四回目を断れなかった私は『小洗《こあらい》お魚パーク』に出かけた。

家を車で出発したのが朝の七時。連休で混雑している道路を走り続けて到着した『小洗お魚パーク』の駐車場は、すでに近隣ナンバーの車がぎっしり並んでいた。

「紗枝ちゃん、ここの明太子《めんたいこ》おにぎり、すっごく美味《おい》しいんだよ。僕、紗枝ちゃんに食べさせたくてさ」

「楽しみ。もうおなかぺこぺこ」

明太子おにぎりは大好きだ。

そのおにぎりはこのパークの目玉らしいから間違いなく美味しいだろう。それに、ここなら知らない人が素手で握ったようなおにぎりは出てこないはずだ。

だが港よ。大杉港よ。

その明太子おにぎりは、仕事に追われて睡眠もまともに取れず、ソファーでうたた寝しながら生きてる『なんでもやる課』みたいな私を連れて来るほどの美味なのかい？　本場の高級明太子をお取り寄せして、炊きたての白米を自分で握ったんじゃだめだったのかな。

そしてここの明太子おにぎりを食べたのが、私と付き合い始めて以降のここ三年以内の話なら、君は誰と食べたのだろう。一人で来て食べたなんてことは絶対にないよね。

それを言葉にして口から出してしまったら、ここまで連れてきてくれた厚意を踏みにじることになる。だから私は手を引かれながらおにぎりの実演販売所に笑顔で向かう。

手をつないで行列に並び、少しの沈黙の後で大杉港は「ずっと一緒だよ」と言ったのだ。

なのに。

大杉港二十七歳の『ずっと』はかなり短かった。

大杉港は浮気をしていた。

いや、もしかすると途中から私が浮気相手に格下げになっていたかもしれない。私たちは婚約していたわけじゃなかったし、私は結婚の話を避け続けていた。

港は女性に優しく、なかなかのイケメンで、いいとこの坊ちゃんで、一流私立大学の内部進学生で、有名企業に勤めている。黙っていても港に女性が寄って来ることは、交際する前から知っていた。

港とは私の仕事先で出会った。映画の趣味が一緒なところから話が弾んだのがつき合うきっかけだ。交際してすぐに港の提案で部屋を借りて、半同棲《どうせい》になった。港は週の半分は実家にいたから半同棲。

半同棲になってしばらくしてから、他の女性の気配に気づいた。でも私は「浮気してない？」と問い詰めることはしなかった。

相手を問い詰める権利があるのは、今現在別れる気持ちが全くない人か、結婚を視野に入れている人か、浮気発覚をきっかけに別れたい人だと私は思っている。

私は港とだけでなく、誰とでも数年で別れるつもりで交際する。

半同棲が三年目に入って、『港とはそろそろ終わりにしなくては』と考えていた。こちらから別れを告げようとしていたら、先に港から別れ話を切り出された。

それは『小洗お魚パーク』に出かけた日から、一ヶ月も経《た》たない日のことだった。

「紗枝ちゃんは結婚したくない人で、仕事が大好きで、強い人だからさ。僕なんかいなくても生きていける。だけど、僕がいないと生きていけないっていう人と出会っちゃったんだ」

「はいストップ。わかった。別れましょう」

「え？」

「港、三年間楽しかった。ありがとう。二人で契約したこの部屋と二人で買った家具は、港が全部処分してね。二股したんだから、それくらいしてくれてもいいわよね？」

「あ、ああ、うん」

「元気でね。あなたがいないと生きていけない彼女さんと、お幸せに」

三十歳になるのを潮時に、おひとり様生活を始めようと考えていたから、ちょうどいいきっかけだと思うことにした。

私は呆気《あっけ》に取られている港に笑顔でお別れの言葉を告げ、完全な私物だけを箱詰めしてアパートを出た。タクシーに段ボール箱をいくつか積み込み、いったんマンスリーマンションに移った。引っ越し業者を探して荷物を運び、養子縁組してくれたシゲさんが残したボロボロの古い家に移って、即、焼け出された。なかなかに慌ただしい。

「さ。仕事しよう」

私は頭の中の港を見えない消しゴムで消して、締め切りが迫っている仕事に集中した。

その原稿を書くのは二度目だったから、記憶を頼りにしながらの作業は思いの外順調に進めることができた。

原稿を書き終え、送信し、レースのカーテンを開けて窓の外を見る。

私が使わせてもらっているのは二階の部屋。南側は床から天井まで全面が窓。視界いっぱいに海が見える。景色を見る余裕がやっとできた。

広い芝生の庭。その先の道路。さらにその向こうはコンクリートの防潮堤があって、その先には青い海がどこまでも広がっている。

そうだった。お金持ちは日当たりを確保するなんて当然で、極上の景色も込みで家を買う世界の人だった。部屋は掃除が行き届いている。つい癖でサッシのレールを見てしまったが、ホコリも砂も全く落ちていない。

桂木《かつらぎ》さんはきれい好きな人なのか、それともお掃除をしている人が真面目なのか。なにはともあれ、初めて入った家なのに安心できた。

借りたパソコンを返しに一階へ。

桂木さんはリビングで電話をしていたが、私の姿を見ると指と視線で『パソコンはそこに置いて』と示す。指示されたテーブルにパソコンを置き、お礼を言いたいが桂木さんは電話中。

電話が終わるのを待つのは聞き耳を立てているみたいだから、ぺこりと頭を下げて二階の角部屋に戻ろうとした。

するとと桂木さんは会話の途中で私に声をかけた。

「いいから、ここで待ってて。え？　違いますよ、ご近所さんがたまたま遊びにいらっしゃるんです。まさか。そんなことをするのは佐々木《ささき》さんでしょ？　私は品行方正なジジイですから。はいはい。そうですか。盗人にも三分の理って言いますもんね。あはは」

桂木さんは楽しげに会話をしながら、私の顔を見て『ごめんね』と口パクをした。

盗人にも三分の理、か。久しぶりに聞いた気がする。川柳もそうだけど、そういう諺《ことわざ》みたいなのが好きな人なんだろうか。

そもそも平日の昼間に自宅にいてこんな生活をしている桂木さんは、どんな仕事をしている人なんだろう。どう見ても雇われている匂いがしない。

「お待たせしました。もう終わったの？　早かったね」

「一度書いた文章なので、最初から書くのとは全然違うんです。パソコンをお借りできて大変助かりました。ありがとうございます」

「いいよいいよ。僕はこれからコーヒーを飲みに行くんだけど、鮎川《あゆかわ》さんも一緒に行きませんか。焙煎《ばいせん》から自分でやっているお店でね。私の好みの味なんだ。それともひと眠りする？」

「コーヒーが飲みたいです。お世話になりついでに甘えさせてください」

「大げさ」

桂木さんは苦笑して立ち上がった。

家の裏手の屋根付き駐車場には大きな車が二台。まさかのレクサスとベンツだ。

若い子なら「すごーい！」と歓声をあげるところなんだろうけど、私はいいや。桂木さんがお金持ちなのはもう知っているし、かわい子ぶるには年齢的に苦しい。


「お車は土足禁止ですか？」

「まさか」

「安心しました」

桂木さんは楽しそうに笑って車を出した。

助手席はあまり人を乗せていないらしく、本とゴルフ用手袋が置いてあった。桂木さんはそれらをザックリ後部座席に移して「どうぞ」と言う。座った座席の位置が前過ぎた。許可を得て座席を後ろにスライドさせてから座る。

高級車とファミリーカーの違いはいろいろあるけれど、私はその静かさに圧倒される。

高級車は外の音や屋根にぶつかる雨の音がほとんど聞こえない。レクサスの中は、品のいい動くリビングみたいだ。本革のシートのいい香りがする。その匂いが私に懐かしい気持ちを呼び起こした。

私は下っ端の何でも屋さんみたいな物書きだけど、高級車の革のいい匂いは知っている。子供の頃の実家には、大きなベンツが二台あった。

ベンツの持ち主だった私の両親は今、フィリピンにいるらしい。ある人が教えてくれた。日本にいられなくなって逃げ出したのだろうということだった。

小学六年の時に捨てられて以来、両親とは連絡も取れないし会いたいとも思わない。

両親は「五千円を置いて行くから。贅沢《ぜいたく》しなきゃ当分はこれで生活できるからね」と言って大きなトランクを引いて出て行った。

父と母はその日から帰って来なくなった。

小学六年生の私は、四日考え抜いてから（これはお金が底をつく前に警察に行ったほうがいいんじゃないかな）と判断した。

翌日、学校の帰りに一人で交番に行き、おまわりさんに「親が帰って来なくなりました。助けてください」と訴えた。

高校卒業までは公的な支援を受け続け、社会人になってからは自分の素性を世間に隠すためと、両親が私に会おうとしても所在がわからないようにするために、あれこれ手を打った。

仕事で知り合った鮎川シゲさんにお願いして養子縁組をしてもらい、苗字《みょうじ》を変えた。

公的な書類以外は全て彩恵子《さえこ》という本当の名前は使わず『紗枝』という名前で通し、万が一誰かに聞かれたら「運気の悪い名前と言われたので通り名で生活しています」と言うことにしている。本籍地も住民票も実際には住んでいない場所に移した。

結婚でもしない限り、私があの夫婦の子供であることはバレないはずだ。一番用心しなくてはならない相手が実の両親、というのが私の人生の厄介なところだ。

桂木さんが連れてきてくれたコーヒー店は『Bateau』と小さな木製の文字が入り口の脇に打ち付けてあった。バトー。船。フランス語だと読みにくいのでは、と思いながら桂木さんに続いて店内へ。

「いらっしゃい」

「お邪魔します」

桂木さんは友人の家に遊びに来たみたいな挨拶をした。私は軽く会釈するだけにして、店主とは視線を合わせずに椅子に座った。

「鮎川さんはコーヒーの好みがある？」

「酸っぱいのが苦手です。それ以外は美味《おい》しければなんでも」

「そうか。酸っぱいのが苦手か。なら、ぜひここのキリマンジャロを飲んでほしいなぁ」

「キリマンジャロは酸味が強いですよね？」

「うん。酸味のあるコーヒーが苦手な人にこそ、ここのキリマンジャロをお勧めしたい」

「あー……ごめんなさい。今は疲れているので、酸っぱいコーヒーに挑む気力がないです。なので好みのマンデリンを飲みたいです」

「そっかぁ。じゃあ今日のところは引き下がるか」

「お世話になっているのに逆らってすみません」

「たいしてお世話なんてしてないよ。いいよ、好きなのを飲めばいい」

桂木さんは笑ってキリマンジャロとマンデリンを注文した。

運ばれてきたマンデリンは素晴らしくいい香りと味だった。（おお！）とカップを二度見してから桂木さんを見ると、イケオジは私を見て笑っている。うわ、笑っても顔の左右が完璧に対称だ。それこそが美形の基本ですよ。

イケオジの笑顔があまりに眩《まぶ》しいので視線をコーヒーに戻して口を開いた。

「美味しいです」

「よかった。美味しいよね。僕はね、このコーヒーがあるからこの町に住んでる」

「ほんとですか？」

「本当。外でどんなに打ちのめされても『あの店に行けば旨《うま》いコーヒーが飲める』と思うと立ち直ることができるんだ。コーヒーの美味しい店は貴重だよ」

「へええ」

そこからしばらく無言でコーヒーを味わう。

（お金持ちで豪邸に住んでいてイケオジで、鼻歌歌いながらスイスイ生きてる人生かと思ったけど。いや、人間だもの、打ちのめされることくらい誰でもあるのか）

私はこれから為《な》すべきことを頭の中でリストアップしながら（スマホを取り出してメモしたら失礼だろうな）と思って我慢している。疲れているから記憶力は半端なく減退している。スマホにメモしたい。

私がスマホに目をやったら、桂木さんはすぐに気づいた。

「鮎川さん、スマホの充電器は無事？」

「ああ、そう言えば焼けましたね」

「鮎川さんはアイフォーンか。うちには充電器がないな」

「買います。パソコンと一緒に充電器も」

「充電器もだけど、衣類が必要では？」

「あ、そうでした。着の身着のままって表現がありますが、まさか自分が体験するとは思いませんでした」

また沈黙。ふと気づくと桂木さんが私を見ている。

嫌な視線ではなく、なんていうか、『ああ、こんなところに雨に濡《ぬ》れた犬がいた』という感じの同情と労《いた》わりが滲《にじ》む眼差《まなざ》しだ。

今の私は焼け出された不運な犬だ。雨に打たれた子猫ではない。人の心を鷲掴《わしづか》みにするような愛らしさは持ち合わせていないし、持ちたいとも思わない。

「桂木さん、このお店、船とか海に関するものが置いてないんですね」

「店名が船だから？」

「ええ」

「フランス語に詳しいの？」

「いいえ。前に住んでいたマンションの近くにバトーっていうカタカナ表記のお店があったんです。『バトーってなんですか』ってお店の人に聞いたら『フランス語で船って意味よ』と教わりました」

「それで綴《つづ》りを調べたの？」

「はい。気になったことはすぐ調べるようにしています」

「勉強家なんだね」

「違いますって。ただ、知らないことを調べるのが好きなだけです」

本当は違う。私には根深いコンプレックスがある。コンプレックスの原因は、学歴が高卒だからというだけではない。

普通ではない両親に育てられたせいか、知らないことがあると（もしかして、これを知らないのは私だけ？）と不安になって調べずにはいられない。それはもう、習性になっている。

この店のコーヒーが美味しくて、飲むペースを間違えた。私のカップが早くも空っぽだ。

もう一杯飲みたい。こんなに美味しいコーヒーはなかなか出会えない。こういう場合、勝手に注文していいのだろうか。

きっと桂木さんは『支払いはいいよ』って言うだろう。

年下の女性がご馳走《ちそう》されるのを頑《かたく》なに断ると、気分を害する人もいる。かといってご馳走してもらうのを承知しておきながらお代わりするのは厚かましいだろう。

……ああ、もういいや。私は昨夜焼け出されたんだ。コーヒーのお代わりくらいで悩むなよ。

「桂木さん、私、コーヒーをお代わりしたいです。今度はキリマンジャロを」

「おっ。飲む気になったの？」

「こんなに美味しいお店なら、酸味のあるコーヒーも美味しいんじゃないかと」

「そうでしょう、美味しいでしょう。僕もお代わりを頼むよ。マスター、キリマンジャロとマンデリンをお願いします」

マスターは小さくうなずいて作業を始めた。

「マンデリン、美味しかったです。とても」

「僕はここでは飲んだことがなかったな。萎《しお》れていた鮎川さんがこんなに元気になるほどなら、味わってみなくては」

コーヒーが運ばれてまた沈黙。今日までずっと避けてきたキリマンジャロが、驚くほど美味しい。

これがキリマンジャロ？と、ひと口飲んでからため息をついてしまうほど美味しかった。

「酸味があるけど、美味しいです。次からこのお店ではキリマンジャロも頼みます」

「気に入ったんだね」

「それと、大変失礼とは思うのですが、これから為すべきことをスマホにメモしてもよろしいでしょうか。頭が疲れているので、覚えていられる自信がありません」

「いいよ、メモしてよ。それと、鮎川さんはご近所さんであって僕の部下ではないんだから。なにをするにも僕にお伺いを立てなくていいし、『よろしいでしょうか』なんて敬語も使わないでね。立場は同じ。同じ町の住民でお隣さん同士です」

「あっ、はい。では今後はそうさせていただきます」

「そうさせてね、だよ」

「あ、はい」

そこから私は猛烈な勢いでスマホにメモった。

買わねばならないものは膨大だ。全焼した家の後始末もある。賃貸から持ち家に人生を切り替えたのに、重大な選択が振りだしに戻ってしまった。

「鮎川さん、あの家、持ち家ですよね？」

「はい。あの家は父の遺産です。でも、結果があれですから。焼け残った部分を片付けてもらって、それから家を建てるって大変そうですし。保険会社にも連絡を取らなきゃなりません。保険金で燃え残りの後始末をして……残りのお金を家賃に回した方がいいのか、小さな家を建て直した方がいいのか。何も……今は何も判断がつきません」

「鮎川さんは、ほんとに冷静な人だね」

「あまりにやるべきことと判断しなきゃいけないことがありすぎて、呆然《ぼうぜん》としているからそう見えるだけです」

桂木さんがまた黙って私を見た。今度はさっきよりも更に視線が優しい。

「とりあえず今夜はうちに泊まりませんか。あの客間を使えばいい」

「いえ。それはさすがに」

「ジジイですから、襲ったりはしませんよ？」

「そんなことは思っていませんし、桂木さんはジジイじゃないです。まだ四十代でしょう？　それに私がそこまでご迷惑をおかけしたくないだけです。でも、お心遣いをありがとうございます」

ふうう、と桂木さんはため息をついた。

「引っ越してきて知り合いをつくる間もなく焼け出されて、商売道具も買い直さなきゃならない。家を建て直すまでの住まいも探さなきゃならないし、いずれは服も食器も家具も家電も買わなきゃならない。ホテルやマンスリーマンションにお金を使うのはもったいないと思うけど。それと、僕は今五十です」

「五……お若く見えますね。お金の件は、それはそうですけど。桂木さんにそこまでしていただく理由がありません。今の私ではお返しもできませんので」

「川柳でかるた」

「はい？」

「あなたの言葉のセンスがとても興味深いから。僕は川柳でいろはかるたを作ろうと思ってるんです」

「それ、そんなに大切なことだったんですか？」

「今の僕にとってはね。仕事しかない人生から抜け出そうと、ジタバタもがいてるところです」

「桂木さんのお仕事……」

桂木さんはズボンのポケットから薄い革のお財布を取り出すと、中から名刺を取り出した。テーブルの上に置いてスッと滑らせてくる。

「頂戴いたします」

名刺を手に取って読む。『株式会社　メディアストーン　代表　桂木総二郎《そうじろう》』とある。名前を読んでしばらく考え込んだ。メディアストーンという会社は知らなかったが、桂木総二郎という名前には聞き覚えがある。

有名なIT関係の会社の創業者。いや、その自分の会社を売ったことがニュースになっていなかったか？

「有名な方だったんですね。お顔を存じ上げず、失礼いたしました」

「だから敬語はいいって。最近会社を売って、自分と従業員一人だけの会社を作ったんだ。基本的には時間を持て余しています。だから頭が一気に老化しないよう、仕事とはかけ離れた趣味を持つことにしたんですよ。最初はゴルフ仲間に誘われて俳句の集まりに参加したけど、ちょっと雰囲気が合わなかった。だからそこから抜けて、自分一人で川柳に鞍替《くらが》えしました」

「俳句から川柳に？」

「うん。俳句は自然に目を向けるけど、川柳は人の心に目を向けるって、本で読んだから。人の心に疎い僕にはちょうどいい趣味かなと思って。それも自由律の川柳。これが結構楽しい。でも、一人だと物足りないし、刺激がないんですよ。どうかな、僕の『川柳かるた作り』に付き合ってくれませんか？」

「ああ、そういうことでしたら、いくらでも」

「昨日の鮎川さんの『い』が大変面白かったから、『ろ』も聞いてみたいと思っています。言葉を扱う職業の人の川柳、とても興味があります」

「あの程度、誰でも思いつきますよ」

「いや、目の付け所が私とは全く違う。どう？　鮎川さんのいろは四十七文字をひと通り聞いてみたい。それでかるたを作れたら楽しいと思う。お礼に客間を提供しよう。鮎川さんは好きなときに出ていけばいい」

「今すぐお返事しないといけませんか？」

「いや、全然。これからパソコンと充電器と衣類を買いに行きましょう。何時間かかるでしょうから、のんびり考えたらいいよ」

そこで桂木さんは視線を私からコーヒーカップに移した。

「誤解のないように説明するとね、僕は若い人が困っているのを見たら、できる限り手を差し伸べることにしているんだ。そうしたくなるようなこと、いや違うな、そうしなければお天道様《てんとさま》に顔向けできないようなことが、以前にあったのでね」

それがどんな出来事なのか、桂木さんは言おうとしなかった。私も聞かなかった。

人には口にしたくない過去がある。私が言いたくない過去を抱えているように、桂木さんが自分から言おうとしないのなら、言うのがつらいことなのだろう。

しばらくまた沈黙が続いてから、私たちは店を出た。代金は受け取ってもらえなかった。店を出た私に潮風が吹きつけてくる。海の匂いがする風だ。

ずっとこの海辺の町に住み続けていたら、この海の匂いにも気づかなくなるのだろうか。腰を据えて長くこの町で暮らしていけたらいいな、本当の私を知っている人に出会わないといいな、と思った。

「疲れたでしょう。買い物を終えたら、眠った方がいい。きっと気分も少しは晴れるよ」

桂木さんは、見ず知らずの私に、なんでこんなに優しくしてくれるのか。こんな人が私なんかに興味を持つはずがないから、さっき途中まで言いかけた過去のことに関係しているんだろうか。

「ありがとうございます。買い物はサクッと済ませますね」

「いいよ。ゆっくり選べばいい」

桂木さんが独りで暮らしているのは、モテすぎる人にありがちな「楽しく暮らしているうちに婚期を逃していた」という理由かと思っていたが、結構しんどい理由のような気がしてきた。

桂木さんと私を乗せた車が海岸沿いの県道を滑るように走っている。到着したのはショッピングモールだった。私はその中の家電量販店でパソコンと充電器を、次にファッションのエリアで衣類一式を買い込んだ。

「シャンプーや石鹼《せっけん》は、特にこだわりがなければうちのを使って」

「こだわりは全くありません。遠慮なく使わせていただきます」

「了解。じゃ、帰ろうか」

「はい」

桂木さんの家は、二階建ての長方形で、建物には木材がたくさん使われている。洗濯機は洗剤投入から乾燥まで全部自動で済ませてくれる大型の最新型だった。

私はいろんな人が触ったであろう服をそのまま身に着けることが恐ろしい。この恐怖心があるから、私の服は全て家で洗濯可か手洗い可のものばかり。

ベッドでうとうとしていたら、洗濯機がお知らせの音声で私を呼んだ。乾燥し終えた衣類を取り出して畳んだ。まだまだ書くべき原稿はあるけれど、ひと休みしよう。

「お茶をいただいてもいいですか」とリビングに顔を出したら、桂木さんはスクエア型の黒い眼鏡をかけて読書していた。メガネ男子が好きな私は、ドキッとしたことを悟られないように意識して無表情を作った。イケオジ、黒縁眼鏡が似合い過ぎる。ハラリと落ちてる前髪さえ色っぽい。いただきます、ごちそうさま。

「もちろんいいに決まってるよ。お茶は自分で淹《い》れる？　それとも僕が淹れようか？」

「自分で淹れます。桂木さんはどうしますか？」

「じゃあお願いします。ノンカフェインのアッサム。何も入れないで」

「わかりました」

台所は整然と物が収納されている。木製ラックには日本茶、コーヒー、紅茶、ルイボスティーが蓋付きのおしゃれな木の箱に詰められ、ラベルが貼られている。几帳面《きちょうめん》できれい好きなのが見て取れる。使うたびにきちんと元に戻す習慣がある人の台所だ。

私は生活費を稼ぐために、引っ越しするまでは家事代行の仕事をしていたからよくわかる。

自分にはカフェイン有りのアールグレイを淹れた。桂木さんはテトラバッグ派らしい。

「ねえ鮎川さん」

「はい」

「あなたは買ってきた衣類をそのままは着ないんですね？」

「はい。潔癖症ではないんですが、どんな人がどんな手で触ったのかわからないまま着るのは不安です」

「ふうん。潔癖症じゃないなら、性悪説《せいあく》の人なの？」

「いいえ、そういうわけでは」

話が危険な方向に進みそうな気がして、余計なことは言わないよう口を閉じた。

だが桂木さんはそこで話をやめなかった。楽しそうな顔で話を続ける。

「潔癖症でも性悪説でもないけど、買ってきた服は洗わないと気持ちが悪いんだね？」

「潔癖症ではないです。全くです。床に落ちた物も平気で食べられます。そして全ての人に悪が潜んでいるとは思っていませんが、悪を身の内に抱えている人間は一定数いると思っています。そういう人がどんな手で触ったかわからないから、すぐに着るのはちょっと」

「なるほど」

熱湯を入れて三分。きっちり時間をスマホで確認してからティーバッグを取り出した。桂木さんにお茶を運び、自分は行儀悪く立ったまま台所で飲む。今は桂木さんの向かいに腰を落ち着けないほうがいい気がする。

桂木さんが「面白いことを聞いた」という表情で私を見ているが、気づかないふりをして紅茶を飲む。自分から進んで嘘《うそ》はつかないが、余計なことはしゃべらない。ずっとそうやって用心して生きてきた。

「鮎川さんはフリーのライターなのかな？」

「会社を立ち上げていますので、正確にはフリーではありません。でも、実情はフリーと同じです」

「社長さんでしたか」

「はい。ひとり社長です」

たびたび沈黙が支配して気まずいが、気まずさには負けない。沈黙に負けてしゃべると碌《ろく》なことがない。

「失礼なことを承知で言うけど、燃えた家は相当古くて傷んでいたでしょう？　リフォームするか建て直すのだろうと思っていたら、若い鮎川さんがそのまま住む様子だったから。ちょっと驚いていたんだ。で、どんな仕事をしてる人なのかなと思ってた」

「普通はそう思いますよね、あの家は父の遺産です。私にはあれをリフォームする資金はありませんから。自分で修繕しながら、と計画していました」

「お父さんの遺産なら、思い出が詰まっていたでしょうに。残念でしたね」

「いいえ、私はあの家で暮らしたことはありませんから思い出はなにも。お茶をごちそうさまでした。また原稿を書きます」

「はい、頑張って」

使ったカップを洗ってワイヤーラックに伏せて置き、ぺこりとお辞儀をしてから部屋を出た。

階段を上りながら、つい掃除の具合を見てしまう。階段はきっちり拭き清められていた。これはザザッと掃除機をかけただけではない。指の先と布を使って、角の埃《ほこり》まで拭き取ってある。ここで働いている家事代行の人はかなり真面目だ。

借りることになった客間に入ると心が安らぐ。いくら心身ともに疲れ切っていたとはいえ、私が他人の家でくつろげるのは珍しい。

これはおそらく桂木さんの人柄が影響している。まだ少ししか関わっていないけれど、桂木さんは満たされている人のようだ。だから、貧しい私を騙《だま》してやろう、なにかをかすめ取ってやろうという気持ちなんて、持っていない気がする。

視界いっぱいに青い海と青い空。海と空の境界線は曖昧だ。こんな景色を眺めながら暮らせるんだと喜んでいたんだけどな。

火災保険の保険金で家を建て直すとしたら、小さな平屋になるだろう。防潮堤が高いから、平屋だと家の中からはあの空と海が溶け合っている水平線が見えないことに気がついた。

「二階建てじゃないと水平線を眺めるのは無理か。残念」

私は買ったばかりのノートパソコンを開いて原稿を書き始める。燃えたのと同じ機種を選んだので、使い勝手は同じだ。仕事はいい。仕事は裏切らないし嘘もつかない。

二時間ほど原稿書きに没頭してから、養子にしてくれた鮎川シゲさんを思った。

燃えてしまったあの家は一年前に鮎川シゲさんから贈与された。

◇◇◇

私の責任ではないことで、私は働いていた会社を辞めるしかない状況に置かれた。それが今から六年前くらいのことだ。

ネットでライター募集があるのを知り、応募して採用された。だがそれだけではとても暮らしていけなかった。とはいえ、大学を出ておらず、これといった技能も持たない私だ。他にも仕事を探したけれど、すぐさまそれなりの収入を得られる職業は限られていた。

そこで家事代行者として登録してひと通りの指導を受け、働き始めた。見ず知らずの他人の家に入って掃除をするのはかなりの覚悟が必要だったけれど、背に腹は代えられない状況だった。

家事代行協会の利用客だった鮎川シゲさんは、私のことを「あなたは真面目だね」と言って可愛《かわい》がってくれた。私も口にこそ出さなかったけれど、シゲさんを実の父親のように思いながらお世話をしていた。

シゲさんは九十近い物静かな人で独身。五年間シゲさんの家に通って働いたけれど、シゲさんは親類との付き合いがなかった。

訪問してくる親戚も電話してくる人も誰一人としておらず、シゲさんは親戚に限らず人との交流をあまり望まない人だった。そこが私に似ていて、人との距離を詰めない私なのに、気がついたらシゲさんとても仲良くなっていた。

私が勇気を振り絞ってシゲさんに『養子にしてほしい』とお願いしたのは、シゲさんの家に通うようになって、だいぶ経《た》ってからのことだ。当時すでに会社を設立して身元を探られにくくしていたけれど、私はまだ不安だった。

「親から逃げているので、苗字《みょうじ》を変えたいんです。シゲさんの養子にしていただけませんか？　もちろん財産などを相続するつもりはありません。私は苗字を変えて、両親との関係を隠したいだけです」

そう切り出したとき、シゲさんはほとんど質問もしないであっさりと「いいよ」と言ってくれた。財産目当てと思われないように、相続を放棄する旨の一筆を書いてその場でシゲさんに渡した。

シゲさんは私の申し出を財産目当てと思うような人ではないが、世間の人たちに勘繰られないようにしておきたかった。

養子縁組は受理されて私は戸籍上はシゲさんの娘になった。

やがてシゲさんの具合は少しずつ悪くなっていった。枯れ木が少しずつ命を手放していくような穏やかな変化だった。

そんなある日、シゲさんが改まった感じで私を枕元に呼んで話を始めた。

「紗枝ちゃん、あなたは本当に私によくしてくれたね。だから紗枝ちゃんにお礼をしたいんだ。私はもう長くない。それは自分でわかる」

「シゲさん、縁起でもないこと言わないでください」

「いいから黙って聞きなさい。紗枝ちゃんは養子縁組をするときに『親御さんはなにをしてる人なの？』と尋ねたら、言いたくない、親から逃げてるって言ってたな」

「そうですね。ろくでもない人たちなので、会いたくないです。会えばきっと私は利用されますから」

「我が子を食い物にする人たちか。そういう人も、この世には確かにいるからなぁ。だけどね、紗枝ちゃんはもう法律上も私の気持ちの上でも私の娘だ。いや、世間から見たら孫かな。紗枝ちゃんは一度も私から小遣いを受け取らなかったね」

「家事代行で料金を頂いているんですから、当たり前です」

「いいや。当たり前を通り越して、本当によくしてくれたよ。仕事の範囲を超えて私のために尽くしてくれたじゃないか。紗枝ちゃんがうちに通って来てくれて、どれほど心強かったか。年寄りの話し相手まで嫌な顔もせずにしてくれた。それでね、千葉の田舎に古い家があるんだよ。私が死んだら、そこを売り払ってお金にしなさい。紗枝ちゃんは相続放棄を書面で渡してくれたけど、あれは捨てた。家はもう価値がないし、土地は安い上にたいして広くもない。だが、小遣いくらいにはなるはずだ。楽しい老後を過ごさせてもらった私からの、ほんのお礼だよ」

シゲさんは「これを断って悲しませないでくれよ」と笑い、断ることを許してくれなかった。

養子にしてくれただけでも十分ありがたかったのに、家と土地まで。シゲさんは、かなりの人間不信だった私の心に『この世にはこんな人もいる』と人間に対する希望の種を蒔《ま》いてくれた。

その会話をした十日後に、シゲさんは本当にこの世から旅立ってしまった。

「シゲさん、私頑張るから。そこから見ていてね」

再びパソコンに向かい、原稿を書き続けた。しばらくして、結構な強さでドアをノックされた。

「はい！　はいはい！　今開けます！」

走って行ってドアを開けると桂木さんが立っていて、穏やかな笑顔で「夕飯だよ」と言う。

「何度か声をかけたんだけど、聞こえなかった？」

「すみません、集中してしまうと聞こえなくなってしまって」

「電話をかければよかったね。さあ、簡単なものばかりだけど、夕飯にしよう」

「なにからなにまでお世話になって……」

「いいよ、気にしないで。本当に簡単だから」

桂木さんが用意してくれた夕食は確かに簡単なものだったが、食材のクオリティが高くて、口に入れると目を見張る味だ。

「切っただけ、並べただけなんだ。冷蔵庫の整理も兼ねてるから遠慮なく全部食べ切ってよ」

「はい。いただきます」

両手を合わせ、お辞儀をして食べ始めた。

高級食材は、瓶から出しただけ、切っただけ、温めただけでも、とても美味《おい》しかった。

私は食べ物の好き嫌いがほとんどない。空腹だったので遠慮なく食べた。

誰かと食事をするのは久しぶりで、楽しかった。自分が喜んでいることに気づいて、少し慌てた。

（いや、ダメダメ。心の中の寂しがり屋を自由にさせちゃだめ。寂しがり屋は心の奥に閉じ込めておかなくちゃ）

桂木さんが親切にしてくれるからといって、これ以上甘えるのはよくない。

それに今の私と桂木さんを他人が見たら、百人が百人とも、私が桂木さんを利用している、お金をせびっている、と思うだろう。

それだけは嫌だ。男の人に甘えてお金をむしり取るのを楽しんでいた母。あんな醜悪な生き方だけはしたくない。そう見られるのもお断りだ。

やっぱり住む場所をさっさと決めて、居場所を移そう。

◇　◇　◇

ゴルフのラウンド中に『桂木さんの隣の古い家、相続で持ち主の娘さんが受け継ぎました』と知らされた。自宅の隣にボロボロの空き家があるのがずっと気になっていた。築五十年の傷みが酷《ひど》い木造家屋だったから、建物に資産価値はない。

毎日朽ちかけた家を見て気にしているよりは、自分が買い取って更地にしようと考えていた。だから土地と家を買い取りたいと知り合いの不動産会社の社長に頼んでいたのだが。

隣家の所有者は八十八歳の男性。現在の住居が東京だそう。その人が亡くなる前に購入しないと手続きが厄介になりそうだと思い、急いでもらっていたが間に合わなかった。娘が引っ越してくるのなら、もう買い取るのは無理だろうと諦めていた。

その隣家に引っ越し業者が荷物を運び入れているな、と眺めていたら、翌日にはその建物は全焼した。古い木造住宅は、油でも撒《ま》いたかと思うほど火の回りが早かった。

火事の原因は海岸で騒いでいた若者たちのロケット花火。

いろんな方向にロケット花火を発射していたから（危ないな）とは思っていた。自分が早い段階で彼らに注意していれば、あの家は燃えなかったかもしれない。後悔で胸が痛む。

焼け出されたのはまだ若い女性で、窓から逃げようとして逃げられないでいたのを僕は叱咤《しった》して救い出した。鮎川紗枝は気の毒なほどガタガタと震えていた。

家から逃げ出したあと、彼女は泣きもせずパニックも起こさなかった。彼女はただただ無表情に燃え続ける家を立って見ていた。一見、とても芯の強そうな落ち着きのある女性だった。

自分はいったん家に戻ったが、彼女が気になって何度も窓から外を見た。

彼女は同じ場所に立ち続け、同じ表情で家を見ていた。泣くでもなく騒ぐでもなく、ずっと無表情なのがなんとも気になった。

ふと、彼女の年齢のことが気になった。あの女性が八十八歳の老人の娘だというなら、父親が六十歳くらいで生まれた子供ということになる。あり得なくはないが、どういう家庭なんだろうとは思った。年の離れた妻の子供なのかもしれないと結論付けて、そのことを考えるのは終わりにした。

ひと晩じゅう外に立っていた彼女が心配になり、余計なお世話と思いつつ家に呼んだ。お茶とパンを出して話をしてみたが、彼女に高収入があるらしい雰囲気はなかった。着ている物は安価そうなもので、しかも傷んでいた。

つまり、彼女はあのボロボロの古家を建て直さずに住むつもりだった可能性が高い。

そんな彼女が引っ越し当日に焼け出された。

思い詰めなければいいが、と一度気にしたらもう、そのことが頭から離れなくなった。

ロケット花火を黙認して彼女の家が燃えた。

彼女がただならぬ様子なのに気づきながら放置して何かあったら、自分はきっと死ぬまで後悔するだろう。だから彼女に親切にするのは自分のためだ。

「乗りかかった船。うん。そういうことだ」

立ち尽くしている彼女に声をかけ、家に招いてお茶とパンを出したのは、手間をかけた料理よりも買ってきた物の方が彼女も気が楽だろうと思ったからだ。

彼女の黙々と食べる姿に少しは安心する。

『食欲がある間は大丈夫』というのが自分の信念だ。爪が割れているのを見て(何の仕事をしてる人だろう)と思った。原稿とか締め切りとか言っていたから書く仕事だろうに、なぜ手荒れが酷い上に爪が割れているのか。それが気になった。

鮎川紗枝は余計な質問を一切しない人だった。

彼女は室内を見回し、自分のセーターにもチラリと視線を向けたが、お世辞を言わなかった。媚《こ》びもしなければ卑屈な態度も取らない。鮎川紗枝は距離を詰めてこない人だった。自分にはそれがとても気が楽だった。

自分は普段、女性を家に入れない。それには理由がある。

社会人一年目のときに勤め先の五歳年上の同じ部署の女性に告白され、付き合い出したら束縛が始まった。一日中ひっきりなしにメールが来る。すぐに返信しないと不機嫌になる。

部署のあるフロアから出ればすぐに「今どこにいるの。誰と一緒なの。どこにいるかわかるように、今すぐ周囲の景色を撮って送ってほしい」とメールがくる。返信が遅れるとメールが連続で来る。

心底ゾッとしてすぐに別れたら、『遊ばれて捨てられた』『お金をせびられた』ととんでもない嘘《うそ》をばら撒かれた。

二十三歳の世間知らずの若造だった自分には、手の打ちようがなかった。

「出世できると思うなよ」と部長に言われ、進行中のプロジェクトのチームからも外されて針の筵《むしろ》だった。そのうちほとんど仕事が与えられなくなり、（辞めろということか）と判断した。人生に光が見えなくなったような気持ちで依願退職した。

半年ほど求職活動をしたが、同業種の会社には、なぜか自分の悪い噂《うわさ》が広がっていた。何社目かの面接官にそれを知らされて驚いた。

彼女がそんなことをしたのかどうかはわからない。

（彼女以外の人間がばら撒いたのだとしたら、恨みを買うようなことを自分は知らず知らずのうちにしていたのだろうか）と四方八方に壁が立ち塞がっているように感じる日々だった。

「このままでは心を病む」と考えて、自分一人の会社を立ち上げた。当時はあまり流通していなかった携帯用アプリの会社だ。

仕事に疲れたときに通っていたコーヒーショップの女性従業員に話しかけられて会話をするようになり、五年つき合ってから結婚した。自分は三十一歳、妻は二十九歳だった。

（五年もかけた。今度は大丈夫、この人とならやっていける）

そう思ったが、今度も自分の判断は間違っていた。

当時自分が作った通販のアプリは、衣類のみ食品のみというアプリが多い中、食品も衣類も買えた。国産品のみを扱ったことや、低農薬、有機栽培にこだわったことも評価された。「これがあれば日常の買い物がほとんど事足りる」と比較的豊かな層に評価され、利用者が急増した。

自分の会社が急成長して資産が増えてくると、『時代の寵児《ちょうじ》』『ＩＴ長者』と業界紙や週刊誌に取り上げられるようになった。そして妻の様子に変化が表れた。

接待で呼ばれた席で、相手側が用意した女性と一緒の場面を盗撮され、週刊誌に事実無根のことばかり書き立てられる。どの女性とも酒宴が終わったらその場で別れたと言っても妻は信じない。

やがて『今どこにいるの？　誰といるの？』と言い出すようになった。

帰宅すれば泣きながら責められる。身に覚えがないことで何時間も妻をなだめる日々が続いて眠ることができない。疲労困憊《こんぱい》して体調を崩し、会社近くのホテルで眠ればそれもまた非難され罵られる。

もう修復のしようがないほどに家庭は地獄となり、離婚しようとしたが揉《も》めに揉めた。それも方《かた》が付き、離婚して仕事に専念する日々に戻った。

自分は女性との関係を築く才能がないのだと今は思っている。自分の中には女性に対する不信感と嫌悪感が刻み込まれ、火傷《やけど》の痕のように残っている。

そんな過去がある自分だが、それでも鮎川紗枝を放置することはできなかった。なぜなら、自分の会社の若い女性が、あれとよく似た表情を浮かべていた後に、自殺を図ったからだ。

鮎川紗枝と女性社員の、表情が抜け落ちている感じがそっくりだった。

『あの娘さんも自殺してしまうかもしれない』という不安と恐怖は、女性全般に対する不信感と嫌悪感よりもずっと強かった。

彼女に客間を提供し、お気に入りのコーヒー店に案内し、ショッピングモールにも車を走らせた。

彼女は迷うことなく次々とカートに商品を入れる。買い物を楽しむ雰囲気は全くなく、必要か必要でないかの観点のみで素早く選んでいるように見えた。あっという間に買い物を済ませ、最低限必要な会話だけをする。

こちらを警戒しているのか、それとも自分のことを話したくない事情でもあるのだろうか。会話の最中も自分のことに関しては用心深く口をつぐんでいる気がした。

そんな彼女なのに、『いろはかるた』の話をしたら思いがけず多く語る。言葉に関してだけは積極的で雄弁だった。

「さあ、簡単なものばかりだけど、夕飯にしよう」

彼女を夕食に誘うと、背筋を伸ばし両手を合わせてから食べ始めた。鮎川紗枝はちゃんとした躾《しつけ》を受けて育った人のように見える。

テーブルの上には三種類のオープンサンド。

一皿目は薄切りしたフランスパンに発酵バターを塗り、スモークサーモンを載せたもので、トッピングはキャビアとディル。

二皿目はイベリコ豚のレバーパテを塗って黒コショウを散らしたもの。

三皿目は生ハムとクリームチーズとセミドライのミニトマトを載せたもの。

ワインは普段使いにしているシャトー・コルバンにした。見ていると鮎川紗枝はよく食べ、よく飲む。酒豪か？　と思ったが顔には出ずに酔うタイプらしかった。

あまり深酔いされると厄介だと思い、ワインは一本でやめておいた。

なによりも今夜も『いろはかるた』のお題で会話をしてみたかった。

「鮎川さん、『ろ』で思いつく言葉はありますか」

「あります」

「即答とは心強いな。ではお願いします」

鮎川紗枝はピタリと飲むのをやめ、ワイングラスを持ったまま動かなくなった。視線を斜め下に向けて考えている。

「ろくでなしのくせに笑顔は善人」

「ふふふ」

「老人になるんだよ、お前も」

「うむ」

「『ローマの花火』の意味を知っているか」

「ふむ」

「ロマンを語るな、クズのくせに」

「へえ」

「ろ……ローン審査に通る人生の眩《まぶ》しさ」

「ほぅ」

鮎川紗枝は相変わらず白い顔だが目がとろんとして遠くを見るような表情になっていた。

（そういう酔い方は危ういな）と一瞬思う。

「暇は人間をだめにするよ」と心配してくれたゴルフ仲間に誘われて、参加した俳句教室は、参加者たちの間に露骨な上下関係が存在していた。（自分には合わない）と判断して一回で退会した。

独学で、と試しに俳句の本を読んでいるうちに、川柳の存在に気づき、川柳なら楽しめそうだと思った。それも字数にこだわらない自由律川柳が面白い。

だが自分一人きりの趣味はなんとも物足りず、続かない気もしていた。

そんなときに鮎川紗枝の、目から鱗《うろこ》が落ちるような言葉に出会ったのだ。「これは面白い」と思った。いろは四十七文字をなぞりながら、もっともっとこの人の言葉を聞いてみたくなった。自分からは絶対に出てこない言葉が、鮎川紗枝の口からはスルスルと出てくる。彼女が紡ぐ言葉は、どれも斬新で衝撃的だった。彼女の『いろは』はその背景をひとつひとつ深掘りして聞きたくなる魅力がある。

そんなことを考えていたら、門のチャイムが鳴らされた。

「そうだ、今日は部下が来るんだった。忘れてた」

「では私は部屋に戻ります」

「いや、いい。部下に挨拶をさせるからここにいて」

彼女の返事を待たずに門のロックを解除した。

モニターを見ると部下の深山奏《みやまそう》が荷物を提げてこちらを向いてニィッと笑っていた。玄関ドアの鍵をあけると、深山君は自分でスリッパを出してスタスタとリビングに入って来た。

「こんばんは。遅くなりましたぁ。桂木さん、今日はマツバガニを持って……あっ、お客様でしたか。失礼しました」

「お隣さんだよ。鮎川さんだ」

「鮎川紗枝です。隣に引っ越して来たのですが、焼け出されました。桂木さんに助けていただいております」

「深山奏です。ソウは演奏の奏。桂木さんの家来をやってます。二十七歳です。お隣がえらいことになっているなあと思いながら見てきたところですよ。災難でしたね。ご無事でなによりです」

を招く人によっては誤解を招くので用心してほしいところだ。鮎川さんはどう受け取るのかな、と顔を見ると楽しそうに笑っていた。笑うと両頰にえくぼができるのだと、初めて知った。

「深山さんは家来、ですか」

家来という言い方は深山君のお気に入りの冗談なのだが、聞く人によっては誤解を招くので用心してほしいところだ。鮎川さんはどう受け取るのかな、と顔を見ると楽しそうに笑っていた。笑うと両頰にえくぼができるのだと、初めて知った。

そうか、彼女は今まで、本当の笑顔は見せていなかったのか。

「深山君、君、いい仕事したよ」

「え？　桂木さん、そんなカニが食べたかったんですか？」

「ふふふ。そうだね。カニを食べたかったかな」

「ついに僕も桂木さんと以心伝心の仲となりましたね！　新富町《しんとみちょう》に住んでいるんですから、これからも築地《つきじ》で買ってきますよ、カニ！」

突然、鮎川さんが笑い出した。声を出さず「くっくくっく」と笑う。おなかを押さえて笑い続けている。

「そんなにおかしかったかな。なあ、深山君」

「僕にはわかりませんが」

「すみ、すみませ……くっくっく。新居がわずか数時間の滞在で燃えちゃって、仕事は切羽詰まっていたし、私、かなり追い詰められていたんです。その割には実感が湧かなくて、ドラマを見ているみたいでした。でも、お二人のやり取りを聞いていたら、ちょっと落ち着きました。冷静になって考えたら、今の私の状況、一生使える鉄板ネタを手に入れたようなものだと思ったら、つい笑いが」

鮎川紗枝は笑い続けている。

「あれ？　鮎川さんは笑い上戸ですか？」

「違います。たぶん感情の振れ幅が大きすぎて、挙動不審になっているのかも」

「あなたは冷静だったよ。よく頑張った。燃える家を眺めている間、一度も取り乱さなかった。逆に心配になるほど冷静だった」

「え？」

「ああ、しまった。暇なオヤジがずっと見ていたなんて、気持ち悪いよね。申し訳ない」

だが、鮎川さんの口からでた言葉は思いがけないものだった。

「ずっと心配してくださってたんですね。ありがたいです。今日はいろいろ助けてくださってありがとうございました。このご恩は決して忘れません」

「いやいや、大げさですよ。なあ、深山君」

「気にしなくていいんですよ。桂木さんは暇を持て余している金持ちオヤジだから、いろんな人に親切にしていますから」

「深山君、金持ちオヤジって言い方は感じが悪いぞ」

そう言ったものの、深山君のこういう陽気なところは得難い長所だと思う。

「桂木さん、深山さん、せっかく楽しくなってきたところですが、私は眠さの限界がきました」

「いいよ、寝てください。昨夜は徹夜だったんだ。きっとバタンキューだよ」

「では失礼します。おやすみなさい」

鮎川さんはそう言って二階に上がった。二階のドアが閉まる音を確認すると、そこまで愛想よくしていた深山君が笑顔を引っ込め、責めるような表情で私に詰め寄る。

「桂木さん。泊めるんですか？　まずいですよ。また週刊誌に載りますよ？　ご自分で『あの時は精神的に追い詰められて本当に大変だった』って何度もおっしゃってたじゃないですか。それと、バタンキューは死語です」

「週刊誌に載ったっていいよ。明日まではこの辺の宿泊施設は全部塞がってるんだ。それに、今はもう何を書かれたって誰にも迷惑はかけないじゃないか。それと、バタンキューが死語で悪かったね」

「彼女は隣の家の人でしょう？　懐かれたらどうするんです？　ずーっと隣にいるんですよ？　厄介なことになります」

「もし家をあそこに建て直すなら隣人だろうけど、どうかな。建て直すのかな。それと、おそらく彼女は僕には懐かない。っていうより、誰にも懐く気がない人だと思うけど」

「桂木さん、それ何根拠です？」

「僕の経験と勘」

「じゃあ当てにならないです。もし困ったことになったら早めに僕に言ってくださいね。僕が手を打ちますから」

「君に頼らなくても自分で対処できるよ」

「桂木さんはそう言ってズルズルしがみつかれるじゃないですか。心配なんですよ」

「はいはい。心配をかける社長で申し訳ないね」

深山君は何度も「困ったことになる前に彼女を家から追い出してくださいよ」と言って帰って行った。

「いろいろだねえ」


人に心の内を見せまいとする鮎川紗枝さん。

社長の自分を過剰に心配する深山奏。

「そして僕は今以上の後悔を抱えるのが怖い人、か」

シャワーを浴び、寝室に入った。

ベッドに入り目を閉じるが寝付けない。燃える家を見ていた鮎川紗枝の、表情の抜け落ちた顔が目を閉じると浮かんでくる。

あの女性社員もあんな顔をして空を見ていたという記憶が自分を不安にさせる。

自分の会社の業績が右肩上がりを続けていた当時、自分を含めて会社中が目の色を変えて仕事をしていた。最初はそれでもよかった。立ち上げたばかりのアプリの会社に入ってくる人間はみんな自分と似たような人種で、ちっぽけな会社がどんどん成長していくのを面白がっていた。残業さえも楽しむ、いわゆるオタク気質の人間の集団だった。

だが、会社が大きくなって社員が増え、就職する社員の目的もいろいろになった。自分は仕事が楽しくて、その変化に気づくのが遅れた。

ある日、一人の女性社員が自殺を図った。会社が急成長していたのもあり、週刊誌には過労によるうつ病が原因だと書かれた。それは嘘《うそ》ではない。だから自分と会社がテレビやネットで叩《たた》かれても一切反論をしなかった。

幸い一命はとりとめたものの、彼女は今、首から上しか動かない。まだ二十八歳なのに。毎月見舞いに行き、見舞金を置いてくる。彼女は自分を見ないし、なんの反応もしない。

それが彼女の気持ちなのだろう。

彼女の人生を奪った原因は自分だと思っている。女性社員の表情が抜け落ちている顔を見た時に、自分は行動すべきだった。

彼女の自殺未遂が労災と認定されたのをきっかけに、精神的に疲弊していた自分は、社員の労働環境に配慮できる体制の会社に自分の会社を売った。そして海辺のこの町に引っ越しした。

（自分は組織を引っ張るのには向いてない）と心底思った。また独りで何か始めよう、そのほうが向いている、と思ったのだ。深山君は何度断っても「絶対に桂木さんについて行く」と言って譲らず、たった一人の社員になった。

鮎川さんは本当に大丈夫なんだろうか。なぜあんなに落ち着いているんだろうか。

今朝、焼け出されたばかりの彼女が泣き出しそうになったときに、咄嗟《とっさ》に話しかけて落ち着かせた。だが、あのまま泣かせてやったほうが彼女のためだっただろうか。

「情けない。何歳になっても正解がわからない」

子供の頃、五十歳といったら酸いも甘いも嚙《か》み分けた分別のある大人、というより老人だと思っていた。だが今の自分の中身は三十の頃と大して変わらない。

金の匂いを嗅ぎ分ける嗅覚は発達したし、商売の風向きを読むことも上手《うま》くなった。けれど肝心なところで大人になりきれていない。若い人の心の機微を読めず、後手に回った。せめて隣人となった鮎川紗枝には、あの女性社員のような道を選ばせたくない。

そこまで考えてから、ふと冷静になった。

僕は少し鮎川さんのことに深入りしすぎていないだろうか。彼女からしたら『どこの馬の骨』かもわからない男がやたらに親切にしてきたら用心するのは当然だろう。

彼女の用心は当然のことだと思いながらも僕は、彼女のよそよそしい言葉遣いや堅苦しい遠慮を残念に思ってしまう。

なぜ僕は鮎川さんに深入りしようとしているのか。

冷静にその理由を考えようとすると、火事で焼け出されるという非常事態にも仕事のことを忘れない彼女の責任感、取り乱すことを避け、涙を見せまいとして必死に我慢しているときの気丈な様子が思い浮かんでくる。

それから彼女が美味《おい》しそうに料理を食べる様子や、笑った時のえくぼの愛らしさも思い出した。

寝返りを打ち、薄い羽毛布団を肩まで引っ張り上げた。

「明日の朝は、久しぶりに米を炊くか。味付け海苔《のり》はあったかな」

黙々と食事をしているときの鮎川さんは、少しだけ素を見せていたような気がした。言葉と旨《うま》いもの。それが鮎川さんの鎧《よろい》が緩む鍵のような。

「あんなに気を張って生きるのは疲れるだろうに。いや、もう寝よう」

やっと眠れそうなことにほっとして目を閉じた。

◇　◇　◇

私は、客間の寝心地のいいベッドで目が覚めた。壁のシンプルな時計を見ると、もう七時だ。上等なベッドで眠ったせいか、疲れは取れている。

今日もやるべきことが山積みだ。

不動産屋さんに、あの土地を売ったらいくらになるのか聞いてみよう。焼け落ちた建物の残骸も、業者さんに頼んで更地にしてもらわなくては。費用は保険会社から保険金が出たら、そのお金から払えばいい。家を建て直し、家具を買い、生活を再出発するまでの間もお金は出て行く。そう考えると、やはりあの土地は売ったほうがいいような気がしてきた。


起きて、客間にある洗面所で顔を洗う。最初に桂木さんが説明してくれたときに感動したのは、水回りが全部桂木さんと別なこと。宿泊客には嬉《うれ》しい配慮だ。

洗面所の奥にはシャワールーム。その右手にはタンクレスのトイレ。左手にはボタンを押すだけで洗剤投入から乾燥までこなしてくれるらしい全自動洗濯機まで置かれている。

「本物のお金持ちとはこういうものか」

この家は泊り客がそんなに頻繁にあるのだろうか。

それとも富裕層にとって、この程度の備えは当然なんだろうか。全くわからない。

自分の実家が裕福だったときでも、この家に比べたらスーパーのうなぎ弁当と高級専門店の特上うな重くらいの違いがある。

洗面所の鏡を見ながら軽く化粧をしなければと思ったところで、道具が全くないことを思い出した。昨日のショッピングモールで買うべきだった。

「私、やっぱり動転していたのね」

仕方なく洗面所にあるホテルのアメニティのような小瓶を手に取る。メイク落とし、洗顔クリーム、化粧水、乳液、美容液が揃《そろ》っている。

「わ、ゲランだ」

ありがたくあれこれ使わせてもらう。これもいつかちゃんとお返しをしよう。

すっぴんで一階に下りると、リビングの奥にあるダイニングテーブルに朝ごはんが並べられている。

「おはようございます」

「はい。おはよう。眠れたかな？」

「それはよかった。寝心地のいいベッドでした」

「これは……まるで高級旅館の朝ごはんですね。美味しそうです」

「それほどでもないよ。さあ、食べよう」

「はい。では、いただきます」

小さめの鯵《あじ》の開きは皮がパリパリで身はふっくら。薄切りしたかまぼこにはイクラが数粒、柚子《ゆず》の皮と一緒にちょこんと載っている。お味噌汁《みそしる》はアオサがたっぷり。大根おろしにはシラス干しと削り節が載っている。それと半熟の目玉焼き。白身の縁《ふち》がカリカリだ。和紙に包まれた味付け海苔もある。

「あり合わせばかりだけど」

「桂木さんの言う『あり合わせ』は、私の豪華な食事ですよ」

「私だってしがない民草《たみくさ》ですよ」

「民草って。ふふ、私たち、時代劇の人みたいですね」

「納豆も食べる？」

「いただきます。それと、ごはんのお代わりってできますか」

「できるよ。どのくらい？」

「これと同じくらいはお代わりしたいです」

「食欲があるのはいいことだ。お代わりは何杯でもどうぞ」

「ではお代わりする予定でいただきます」

私はごはんとおかずが同時に食べ終わるように配分しながらもりもり食べた。どれも美味しくて満ち足りた気持ちになる朝ごはんだ。

「美味しい食事って、大切ですね」

「大切だねえ。鮎川さん、私からひとつ提案があるんですが」

「なんでしょう。ここまでお世話になった以上、私にできることでしたら何でもおっしゃってください」

「家を建て直すにしても東京に戻るにしても、今後のことが決まるまでは我が家の滞在客になりませんか」

私は笑顔が一瞬固まってしまい、慌てて笑顔を再開した。驚いたことを悟られただろうか。

桂木さんの言葉を聞いたら、耳の奥に父の言葉が聞こえてきたのだ。

『いいか彩恵子、うまい話には必ず裏がある。掛け値なしの善意なんてものはこの世にはないんだよ。飛びつきたくなる話ほど用心しなきゃいけないよ』

その言葉を聞いたのは私が小学六年生のときだ。とある事情でいつ言われたか、はっきりと覚えている。十八年も前に言われた父の言葉は私の記憶にしっかり刻まれていたようだ。今、そのことにとても驚いている。

「大変ありがたいお申し出ですが、そこまで親切にしていただいても恩返しができそうにありません。お気持ちだけいただきます」

「鮎川さんを助けることが僕にとっては救いになるんだけど」

「ええと、おっしゃっている意味が……」

「そうだよね。朝っぱらから重い話で申し訳ないんだが、聞いてもらえれば僕の事情が少しはわかってもらえると思う」

「では、どうぞ。うかがいます」

そこから桂木さんは、自分の会社の社員が飛び降り自殺を図ったこと、桂木さんは立場上も人道上も強く責任を感じていること、燃える家を見ていた私の表情が自殺を図る前の女性社員に似ていたことを話してくれた。

「もうね、この歳《とし》になると、つらい後悔を増やしたくないんだ」

「桂木さん、ご心配いただいてとてもありがたいのですけど、私は自殺する気なんて全くありませんよ？」

「それはわかっている。君は食欲があるもの。だからこれはあなたのためというより、僕のためだと思ってくれないか」

「見返りなしでそこまで親切にしてくださるってことですか？」

「あなたがそれじゃ嫌だと思うなら、いろはかるた作りを協力してくれる？　僕はそれで大満足です」

そう言いながら桂木さんは緑茶を差し出してくれる。

適温のいい香りの緑茶。こんな美味しい緑茶、最後に飲んだのはいつだろう。

お茶の葉にこだわっていた母の言葉も甦《よみがえ》る。

『彩恵子ちゃん、男ってね、七十歳になっても若い女の子に甘えられると、もしやこの子は俺に本気かな？　って思える生き物なの。そう思って間違いないの。だから逆恨みされて刺されたりしないように上手に振る舞うのよ』

結婚詐欺師として警察に知られていた母が言うのだから、本当なのだろう。

私の両親は二人揃って詐欺師だ。

母は、『結婚詐欺でお金を巻き上げようとして、初めて見破られたのがお父さんなのよ』と、笑い話として小学生の私に話していたっけ。母はそういう人。

さて、桂木さんは本当に『純粋な親切心』と『自分の抱える後悔を打ち消すため』に、私にここまで親切にしてくれているのだろうか。

詐欺師の両親に育てられた身としては、にわかには信じがたい。

でも、ここまでして奪うほど価値があるものなんて、私には何もない。それでも、人を信じないこれまでの習慣が（大丈夫？　私が想像もつかないような目的があるのかもしれないよ）と耳の奥でささやく。

この人は、どうしてこんなに私に親切にしてくれるのだろう。親切すぎるところが、逆に不安になる。

「お世話になっているくせに、考えさせてもらうのは生意気ですよね」

「いいや。何日でも考えたらいいよ。知らない男と暮らすのが苦痛なら、いつでも好きにしていい」

「出て行っていい」と言わずに「好きにしていい」と言うところに桂木さんの人柄が垣間《かいま》見《み》えるような。

朝ごはんのお礼を言って二階に戻り、猛然と『桂木総二郎』について検索をした。

桂木さんは一年ほど前、自分の会社を同業他社に売り渡している。それより前のネットニュースで調べると、確かに女性社員の飛び降り自殺があった。女性社員は頸椎《けいつい》損傷を負った。労災認定も下りていた。女性社員は過重労働によるうつ病を発症していたことから云々《うんぬん》。

桂木さんの話は本当のようだ。

「どうしようか」

父ならきっと『この家に住み込んで、桂木さんを言いなりにできるまで親しくなれ。そして生かさず殺さずの状態に持ち込め。吸い上げられるだけ吸い上げろ』と言うだろう。母なら『桂木さんと結婚して不動産の名義を自分に変えてもらいなさいよ』と言うだろう。

どっちもお断りだ。

私はそんな両親との繋《つな》がりを消すためにかなり手間をかけた。鮎川シゲさんの養子になって苗字《みょうじ》を変え、名前のほうも彩恵子から紗枝と通名《つうめい》が使えるように、全ての仕事を紗枝で登録し、使い続けた。しばらくして郵便物は鮎川紗枝で届くようになった。

窓辺に立って海を見る。穏やかな海に漁船が浮かんでいる。

ふと庭に目をやると桂木さんが脚立を出して庭木の隣に立てていた。手には大きな剪定《せんてい》バサミ。

「危ないなあ。四本脚の脚立は不安定なのに」

両親が海外逃亡をする前は、我が家にも定期的に庭師が入っていた。庭師のおじさんは背の高い三本脚の脚立を使っていた。三本脚が不安定に見えて、質問したことがある。

「おじさん、なんでそれ、三本脚なの？　危なくないの？」

「お嬢さん、庭はたいてい平らでもなけりゃアスファルトみたいに硬くもない。そういう場所では三本脚の脚立の方が安定するんだよ。四本脚の背の高い脚立はね、案外簡単に倒れて大怪我《けが》する人が多いんだ」

それを聞いて以来、四本脚の脚立は危ないものと思い込んでいた。なのに今、桂木さんは四本脚の脚立に上っている。私は、桂木さんの様子から目が離せない。桂木さんはカエデの木の新しく伸びた枝を切りたいらしい。

一番上の段に乗り、剪定バサミを使い、大きなハサミを右手に持って下りようとしたところで……。

「うわあっ！」

叫んだのは私。階段を一段抜かしに駆け下り、靴を履くのももどかしくて裸足《はだし》で庭に飛び出した。

桂木さんが一段下りた段階で脚立ごと横に倒れたのだ。

「やだやだやだっ！　生きててよっ！」

桂木さんは地面に倒れたままゴロリと仰向けになった。よかった、生きている。『飛び降り自殺を図った女性社員が頸椎損傷』というネットニュースを読んだ直後だけに、嫌な想像しか浮かばなかった。あの大きなハサミが喉や胸に刺さっているんじゃないかと最悪の予想をしてしまったけれど、血は出ていない。

「大丈夫ですか？　お怪我は？　救急車を呼びますか？」

「大丈夫、ではないかな。右腕を動かせない。骨折したかも。救急車は、どうしようかな」

どうしようかな、じゃないわ。間違いなく救急車案件だわ。

私は家に全力で駆け戻り、スマホで一一九を押した。この番号を押すのは人生初だ。ワンコール鳴り終わらないうちに電話が繋がった。

『火事ですか、救急ですか』

「救急車をお願いします！」

桂木さんは、近くの総合病院に運ばれた。

「鮎川さん、私なら大丈夫です。あなたは自分の仕事をしてください」

救急車に乗せられながら、気丈にもそう言う桂木さん。顔面は蒼白《そうはく》だ。額からは脂汗が流れている。どれだけ痛いんだろうと、こちらまでおなかが痛くなる。

これが私だったら。私はどうしてほしいだろう。

骨折の痛みを抱えて病院に一人。心細い。絶対に心細い。私と桂木さんの気持ちが同じかどうかはわからないけれど、男の人の方が痛みに弱いような気がする。

「余計なお節介でもいい。付き添おう。こんなに親切にしてもらってるんだもの。ここで知らん顔はしちゃだめよ」

家中の戸締りをしてからタクシーで病院へ。そこで私は個人情報の正しき守り手に行く手を阻まれた。

「さきほど救急車で運ばれた桂木総二郎さんはどうなりましたか」

「ご家族の方ですか」

「いいえ。桂木さんの隣の家の者です」

「そうですか。申し訳ありませんが個人情報保護のため、何もお教えできません」

そりゃそうか。私がストーカーの可能性だってあるわけだし。

桂木さんが今どの処置室にいてどんな処置を受けているのか、終わるのがいつなのか何も教えてもらえなかった。

外のベンチに座り、膝に載せたノートパソコンで原稿を書きながら待った。入院てことはあるだろうか。そのうち桂木さんからショートメールが来た。こんな状況で律儀にも「すっかりお世話になって」などとお礼が書いてあった。このメール、左手で打ったのだろうか。私のことなんて気にしている場合じゃないのに。

桂木さんが病院の出入り口から出てきたのは、病院に運ばれてから五時間後だった。

「鮎川さん！　どうしたの！　ずっとここにいたの？」

「ここ、居心地がいいんです」

「なに言ってるの。せめて中に入って待っていればよかったのに」

「パソコンを使うと医療機器を使っている方の迷惑になりそうで」

「迷惑をかけたね。申し訳ない」

「私は何も。骨折だけなんですよね？　もう帰っていいんですね？」

「うん。帰っていいって。右上腕骨がポッキリ。受け身もできなかった。鈍くさいことだよ」

「剪定バサミで怪我をしなかったのは不幸中の幸いでした」

「そう言われたらそうだね。さあ、帰ろうか。疲れたでしょ」

「救急車で運ばれた桂木さんほどは疲れていません」

「ふふふ」

二人で乗り込んだタクシーの車内に、病院独特の匂いが漂う。

「桂木さん、深山さんに連絡しましたか？」

「うん、した。病院を出る前に連絡したから、そのうち家に来るんじゃないかな」

その言葉通り、桂木邸に戻って一時間ほどしたら深山さんが駆け込んできた。

「桂木さん、僕言いましたよね？　剪定は植木屋さんに頼んでくださいって。こうなる気がしていたんですよ！」

「面目ない。それほど高くない枝だからできると思ったんだよ。今後はプロに頼む」

「そうしてください。僕の方で家事代行の人を頼みますね。明日からはゆっくり養生してください」

「それはやめてくれ。僕がそういう人を入れない主義なのは知っているだろう？」

「知っていますけど、今回はそうはいきませんよ。僕がお世話に通いたいですけど、仕事が立て込んでいるんです。家事代行、手配しますよ？　そんな状態で動き回って、また転ばれたら困ります」

「いや、ほんとにやめてくれ。これは命令だ」

「でも桂木さん！」

私はお茶を淹《い》れながら二人のやり取りを黙って聞いていた。家事代行を入れない主義？

この家、じゃあ誰が掃除していたの？　桂木さん？　深山さん？

私は無表情を意識していたが、桂木さんが私に説明をしてくれる。

「私は家に人を入れるのが苦手でね。業者さんは頼まないことにしているんだ。自分で掃除するのが好きなんだが、それ以上に深山君がきれい好きだから、ここに来るたびに掃除をしてくれているんだよ」

「そうでしたか。家中どこを見ても掃除が完璧なので、私はてっきり有能な専門家が通っているんだと思っていました」

深山さんが嬉《うれ》しそうな顔になった。

「わかってもらえました？　僕、掃除が好きというより完璧にきれいな状態の家が好きなんです」

「わかります！　階段の隅にホコリが全くないし、蛇口周りが全部ピカピカですね。すごいです」

「おっ、嬉しいです。鮎川さんは掃除好きなんですね？」

「そうですね。いっときは掃除の仕事で食いつないでました」

「え？」

桂木さんが驚き、私も（あっ）と言いそうになった。今そんなことを言ったら雇ってくれと言わんばかりじゃないか。

私は『しまった』という顔にならないよう全力で平静な顔を保ったが、桂木さんがなんとも微妙な顔になって質問してきた。

「家事代行の経験者なの？　それともビルかなにかの清掃業？」

「ええと、家事のほうです。いつでも人手が不足している業界ですので、仕事を得られやすいんです。お金がないときは助かりました」

「そうでしたか」

そこからは桂木さんが黙り込み、深山さんが今後の仕事のことをあれこれ話をしていた。

桂木さんが出向く必要のある仕事は先延ばしするとか、深山さんが代わりに出るとか。

聞いているのも気が引けるので、私は二階に戻って原稿を書くことにした。

今書いているのはボランティアの世界に身を投じている女性のインタビュー記事。

私の両親のように詐欺が楽しくて仕方ない、好きでたまらないという人もいれば、他人の役に立つために尽力する人もいる。

「人生、いろいろ」と思わず歌謡曲のタイトルのようなことを独り言《ひとご》ちてしまう。

深山さんの車が出て行く音がして、（使った湯飲みを洗うかな）と一階へ下りて行ったら食洗機が動いていた。

「そうでした。この家にビルトインの食洗機がないわけがないですよね。では私は部屋に戻ります」

「鮎川さん、ちょっといいかな」

「はい。なんでしょう？」

桂木さんが手で『どうぞ』と指し示すソファーに座った。

この家のリビングも客室も、ソファーはグレーのシンプルな布張りのソファーなのだが、座ればわかる高品質。イタリア製なのだろうか、と思うが知識がなくてメーカーまではわからない。

「ちゃんと報酬は払うから、ギプスが外れるまでの一ヶ月、家事を手伝ってもらえないかな」

「報酬は不要です。家賃代わりに働きます。私でよければ働かせてください」

「ほんとに家事を引き受けてくれるの？　家事代行の仕事していたことを隠してたぐらいだから、この家でそういうことはやりたくないのかと思ったんだが」

「お返しができそうもないので、お部屋の件はお断りしていたんです。家事代行の仕事をしていたのを言わなかったのはそういう話にならなかったからで、隠していたわけじゃありません。自分がこんなにお世話になっているのに、利き手が使えない桂木さんを一人で置いてここを出るのは気が引けます。家事でお返しができるのでしたら、お世話にならせてください。私もこの先の生活をどうしたらいいか、時間をかけて考えられる機会をいただけるのですから助かります」

桂木さんはいい笑顔でひとつうなずいた。

「よし！　決まりだ。じゃあ鮎川さんに家事を頼みます。一日一時間でよろしくお願いします」

「いえ、では一日五時間は働きます。食事の用意、掃除と洗濯。だいたいの家事はそれで終わると思います。こちらこそよろしくお願いします。それと、これはお願いですが、使用人らしい部屋に移動させてください。雇われている者が客間に住むのではけじめがつきません。お願いついでに契約書もお願いします。キーボードを打つのが大変なら口述してくれれば私が打ちます」

「契約書？　ああ、鮎川さんはそういう形式にこだわりたい人なんだね」

そう言って桂木さんはしばらく天井を眺めた。私は黙っている。桂木さんがルーズな人だとは思っていないが、ちゃんとした契約書を作ることは譲れない。

「わかりました。じゃあ、契約書は明日には作っておきます。部屋は、客間の右隣に移ってくれますか。そこ以外は貸せる部屋がないんだ。この家、ゆったり暮らしたくて部屋数は少なくしたものだから」

「わかりました。では右隣のお部屋をお借りします」

そう言ってぺこりと頭を下げ、二階へ。どんな部屋かとドアを開けて絶句した。今使っている部屋と全く同じ広さで家具も同じ、室内の配置が左右反転しているだけだった。

「なんで！」

思わず声に出してしまった。とたんに階下から桂木さんの楽し気な笑い声が聞こえてくる。

からかったのか。もう。

思わず私も笑ってしまった。そして階下に向けて声を張り上げた。

「桂木さぁん！　部屋の移動はやめておきます！」

「うん、それがいいよ！　じゃ、おやすみ！　僕はもう寝るからできれば静かにしてね！」

「わかりました！」

大声でやり取りしたあと、桂木さんのお茶目っぷりに笑ってしまう。

こうして海辺の町で間借り暮らしが始まった。

第二章　ハレとケの区別のない日々を歩む

翌朝、五時半に起きて静かに階下へ。

一階には桂木《かつらぎ》さんの書斎と寝室がある。そこに入ったことはないが、今後は仕事として入ることになるだろう。

桂木さんを起こさないように静かに仕事を開始。カーテンを開け、お米を洗って水に浸《つ》けた。その間にフローリングにモップをかける。テーブルや椅子も拭いて、朝の掃除は完了。

お味噌汁《みそしる》の具は何にしようかと冷蔵庫を開けて整然と並べて入れてある食材の豊かさに目を見張った。

業務用みたいに大きな冷蔵庫は、本当に業務用かもしれない。一人暮らしなのに！　食材が少しずつ、品数は多く、ゆとりをもって入れられている。冷蔵庫のコマーシャルみたいな景色。

焼け出された日に振る舞われた食事は『冷蔵庫の掃除を兼ねている』と言っていたけれど、これほど食材をきちんと管理できる人は消費も計画的だと思う。余りそうな食材を一気に片付けようとするのは、もっと冷蔵庫の中が混沌《こんとん》としている人がやることのような。あれは私に気を遣わせないための方便だった気がする。くぅ、大人ね。

ほうれん草と油揚げを取り出し、有名店の出汁《だし》パックで出汁を取り始める。

今朝はだし巻き卵と納豆、鮭《さけ》の西京漬け焼きとブロッコリーの海苔《のり》ゴマ和《あ》えにした。

朝食の支度がほぼできたところで桂木さんが起きてきた。

桂木さんはパジャマ派らしい。暗い銀色のパジャマはテロンとしていて肌触りが良さそうだ。髪が少々乱れている。今まで隙がなさそうに見えていた桂木さんが油断している姿は微笑《ほほえ》ましかった。

「おはよう。鮎川《あゆかわ》さんは早いね」

「おはようございます。桂木さんはいつも何時ごろ起きるんでしょうか。それに合わせます」

「起きる時間はまちまち。でも朝食はたいてい六時半か七時かな。年寄りだから早く目が覚めるんだ」

「では明日以降は六時半に朝食にしますね」

「助かるよ」

「飲み物はなにがいいですか？」

「熱い緑茶で」

ラックの籠の中には緑茶だけでも三種類あった。裏の説明書きを読んで、熱く淹《い》れるのに合っている茶葉を選び、熱湯を注いだ。電気ポットは五度刻みで設定できるらしい。便利だ。

「熱い緑茶です。どうぞ」

「ありがとう。ああ、お茶が美味《おい》しい。誰かに淹れてもらうお茶はどうしてこうも美味しいんだろう」

「そう言っていただけて嬉しいです」

「そうだ、忘れないうちに、はい、これ。契約書」

差し出された契約書は完璧だった。私は一日五時間の家事労働で豪邸に間借りできる。これは申し訳ないぐらいありがたい。

炊飯器が蒸らしを終えたとメロディで告げる。お味噌汁とごはんを器によそい、おかずを並べた。

「あなたも一緒に食べようよ。その方が美味しい」

「それではけじめがつきません。左手だけで食べるのが難しければ、私が食べさせて差し上げます」

「いや。スプーンを使うし、全部食べやすく切ってあるじゃない。わかった。じゃあ契約書を書き直して、食事は一緒にって項目を加えるよ」

「ええっ？　いえ、左手でそこまでさせるのはちょっと。では、一緒にいただきます」

「うん、そうしなさい。音声入力だから左腕もほとんど使わないけど、そのほうが助かる。ああ、美味しそうだ。ご馳走《ちそう》だな。いただきます」

「どうぞ、召し上がれ」

私がそう言うと、桂木さんはちょっと驚いた顔になった。古臭い言い方だったろうか。使用人が使うには不適切な言葉だった？　読んだ本にそう書いてあったので私もそう言う習慣になっていたのだが。

「美味しいよ。鮭の西京漬けは焦げやすいのに上手に焼いてあるね」

「実は私も西京味噌漬けが大好きなので、焦がさずこんがり焼くのは得意なんです」

「西京漬けは、鮭の他には何が好き？」

「やっぱり最強は銀ダラでしょうか。銀ダラの西京漬けは最強のおかずです、って、駄《だ》洒落《じゃれ》じゃありませんからね」

桂木さんが笑いをたたえた目つきで私を見たので、急いで否定した。駄洒落は嫌いなのに。失敗した。

「あれ？　海苔の佃煮《つくだに》なんてあったっけ」

「それは焼き海苔をちぎって煮ました。こちらのは湿気ってはいませんけど、湿気ってる海苔で和え物作るのが好きなもので」

「あなたはちゃんとした家で育っているんだね」

黙ってにっこりして鮭を口に入れる。

私は「親の顔が見てみたい」と言われるのがこの世で一番嫌いだ。だから『できる女の家事手帳』『上品な人に見える仕草と言葉』『いい育ち方をした女性の共通点』みたいなタイトルの本を読み漁《あさ》った時期がある。

一年ぐらい夢中になってその手の知識を仕入れていたが、ある日突然（ここまでするのは、結局親に支配されているのと同じでは？）と思ってやめた。

「桂木さん、片手で困ったことがあれば遠慮なくおっしゃってくださいね」

「ありがとう。そのときはお願いするよ」

そこで会話が尽きた。（深山《みやま》さんがいたら間が持つのに）と思いながらお味噌汁を飲んだ。そういえば大杉港《おおすぎみなと》はよくしゃべる人だった。私の口数が少なくてもシンとすることはなかったな、と久しぶりに元彼を思い出した。

チャイムが鳴った。ドアホンの画面には爽やかな笑顔の深山さんが映っている。急いで開錠ボタンを押して「どうぞ」と声をかけた。深山奏《そう》、助かったぞ。

「おはようございます。あっ、朝からいい匂いがしていると思ったら」

「深山さんも朝ごはんを一緒にいかがですか？」

「これから僕の分を作らせるのは申し訳ないんで、大丈夫です」

「実は深山さんがいらっしゃったときのために三人分作ったんですけど」

「えっ？」

深山さんと桂木さんが同時に驚いた声を出した。

昨日の様子から、深山さんは必ず今日も来ると思っていた。朝食時に来なければ私が昼に食べればいいやと思って三人分用意しておいたけれど、そんなに驚くことだったろうか。

深山さんが食べ始めるのを見ていた桂木さんが感心している。

「なるほどねえ。できる人はこういう事態もちゃんと予測するものなんだね」

「できる人って。大げさですよ。昨日の深山さんの心配ぶりを見ていたら、朝一番にいらっしゃることぐらい誰にだって予想がつきます。上司思いのいい部下ですよね、深山さん？」

「そうです。こんないい部下は滅多にいませんよ？　桂木さん」

桂木さんは苦笑しているだけ。

深山さんのおかげで気楽に朝ごはんを終えることができた。仕事をしようとして階段を上っているときに、居間から少々大きな声が聞こえてきた。

「桂木さん、家事代行業者は要らないって言ってましたよね？」

「言ったね。でもさ、深山君。鮎川さんは人の世話になるのが嫌いな人なんだよ。僕は僕のために彼女の助けになりたいのに断られてしまう。仕事として提案すれば僕の手助けを受け入れてくれそうだったから」

「でも桂木さん！」

そこからは声が聞こえなくなった。二人とも声を抑えたのだろう。

そうよねえ。こんな大金持ちで独身イケオジの家に、焼け出された貧乏そうな女が住み込むなんて事態、有能な部下としては避けたいよね。

「早くここを出られるように頑張ろう」

締め切りが迫っている原稿をさっさと書き上げて送信し、着替えた。モヤモヤするときは運動するに限る。Tシャツとジーンズの服装からジャージの上下に着替えて静かに玄関に向かう。ジョギングシューズを履き終えてからリビングに向かって声をかけた。

「桂木さん！ちょっと走って来ます！」

「はーい、気をつけて！」

桂木さんの声に送られて、私は海沿いの道を走り出した。

ここは観光地からは距離がある。釣り客用の民宿や小規模なホテルはあるけれど、道で出会うのはほぼ地元の人と地元の車だ。

最初は歩き、徐々にスピードを上げて左手の海を見ながら走る。

すぐに身体《からだ》が温まって、もっとスピードを上げたくなる。だけどしっかり朝ごはんを食べた後だ。六割程度の速さに抑えて走った。三十分ほど走っていたら、由緒のありそうな神社を見つけた。

「お邪魔します」

石段を上り、参拝し、道路より少し高い境内から海を眺める。潮風が気持ちいい。心のモヤモヤはだいぶ晴れた。そろそろ帰って洗濯をして、原稿を書かなくちゃ。石段を下りて、また走り出した。

あと二キロほどで桂木邸、というところで対向車線の車が停車し、クラクションが鳴らされた。

「鮎川さん！」

深山さんだ。汗だくなのに。人に会いたくなかったけど仕方ない。せめて車に乗れと言われないことを願いながら、私は彼の車に近寄った。深山さんの車はアリア。なかなかお高い車じゃなかったか。稼いでいるんだね、深山さん。

「乗ってください」

「私、ジョギングの最中なので、ご覧の通り汗だくです。立ち話でもいいですか？」

「乗ってください。僕は気にしませんから」

「いえ、でも」

「……乗ってくれるかな？　落ち着いて話がしたいんだ」

深山さんの口調が微妙に変わり、圧が生まれた。たいていの女性なら（怒らせたり喧嘩《けんか》になったりするよりは）と思って言いなりになる感じの口調。カチンときた。私にはこの人にこんな言い方をされて従う理由はない。

今引いたら、今後の私と深山奏の関係はずっとこれが基本になる。人間関係を後から修正するのは大変な労力がかかるか、修正不可能なことは経験済みだ。

今、はっきりさせておこうか、深山奏。

私は目が三日月の形になるように、そして口もきれいな弧を描くように意識して笑顔を作った。

「深山さん、私は桂木さんと契約書を交わした上で家事代行として雇われましたが、あの家に滞在することも家事の件も、桂木さんから言ってくださったことです。私から桂木さんに縋《すが》ったわけじゃありません。火事の後に泊めていただいたことも、何度も辞退した上でのことです。誤解なさらないでね」

深山奏が知っている私は、感じが良くて控え目で『大人しそうな女』だったはずだ。

その私が作り笑顔と慇懃《いんぎん》無礼《ぶれい》な口調で話し始めたことに、彼は驚いた様子。ダメ押しをするなら今だ。

「勘違いなさっているご様子なので、はっきりさせておきますね。私は桂木さんと契約した身ですが、あなたの部下ではありません。なので部外者のあなたに私が命令されるいわれはないの。汗をかいている身体で他人様の車に乗るのは『私が』嫌なんです。私と話をしたいと言うのなら、『あなたが』車から降りてください」

にっこり。ただし目の奥は笑わない。

勘違いするなよ、深山奏。君がどんなに優秀でどれほど桂木さんを尊敬しているとしても、あなたが私に威張っていい理由は、どこにもないからね。

「へえ。控え目で常識のある人だと思ってたけど、鮎川さんてそういう人だったんだね？」

「そういう人って、どういう人？　頭が悪い私にもわかるように言ってくださる？」

わざと（なんのことですかぁ？）という馬鹿っぽい表情で小首をかしげてみた。この手の言い合いは、頭に血が上った方が負けだ。深山はムカッときたらしい。ゆっくりドアを開けて車から降りてきた。私の前に立ったけれど、不自然なほど距離が近い。

「桂木さんはね、女性との付き合いが苦手なんだよ。正直に言ったら下手なの。なのに裕福で優しくて有能でイケメンだから、やたらめったら女が寄って来るの。あなたみたいな人がね」

「だから？　桂木さんの判断が気に入らないなら、桂木さんに言えばいいじゃない。なぜ私にネチネチ絡むのかしら。『僕の桂木さんが取られちゃう』って心配になったんですか？　深山さんたら、新顔の女に旦那を横取りされた古女房みたいね」

「なっ！　なんてこと言うんだよ。失礼な女だな！」

「失礼なのは自分でしょ？　桂木さんに『僕は一番のお気に入りでいたいです。鮎川紗枝《さえ》にお気に入りの座を奪われたくないです』って訴えれば？　もう一度言うけど、私に文句言うのはお門違いだから」

深山奏の顔つきが変わった。手が出るかしら。やれるもんならやってみろ。そんなことをしたら桂木さんがどう思うか想像できないのか？

「わかった。今の会話は全部録音しておいたから。桂木さんだってお前の本性を知ったらがっかりするさ」

そう言って深山奏は、スマホを水戸黄門《みとこうもん》の印籠みたいに私の顔の前に突き出した。

「ぷっ。録音していたの？　いいわ。聞かせれば？　桂木さんがそれを聞いて私との契約を解除すると言ったらその場で出て行くわよ。じゃ、ジョギングの途中なんで、またね」

次に会うときまでに、もっとこう、パンチの利いた捨てゼリフを用意しておこう。あれじゃ生ぬるい。

私はまた走り出した。せっかくモヤモヤが消えたところだったのに、今度はイライラがドカンと心に居座った。気持ちが落ち着くまで脇道から脇道へと入り込んで走り、桂木邸に戻ってチャイムを押した。すぐにカチャリと音がして、門の鍵が解除される。

玄関には深山奏の靴。早速告げ口に戻ったのか。靴を見ながら「ふん」と鼻を鳴らし、二階の部屋に直行しようとして、足を止めた。怒りがこもった桂木さんの声が聞こえてきたのだ。

「今日ほど君に失望したことはないよ。もういい。何も聞きたくない。帰ってくれ。僕が呼ぶまでここには来ないように」

「桂木さんっ！」

「帰りたまえ」

リビングのドアが開く音がしたので、私は足音を立てないように爪先立ちで階段を駆け上がった。今の深山は水に落ちた犬だ。私が「ほぉらね。ざまあみろ」なんて顔をして石を投げつけるのは、さすがに下衆《げす》の行いというものだ。

部屋に入り、鍵をかけてから服を脱ぐ。全部脱いで素《す》っ裸《ぱだか》になり、脱いだ服を抱えてシャワールームへ。手前の脱衣所で洗濯機に脱いだ服を放り込んでボタンを押した。

熱いシャワーを浴び、シャンプーをし、トリートメントをなじませる。

深山は大好きな桂木さんに怒られて、今頃泣いているだろうか。さすがに大人だから泣かないか。桂木さんに怒りをぶつけるわけにはいかないから、私のことをいっそう憎むかもね。気にしないけど。

それにしても。深山は桂木さんに対して、今まであんな行動を取り続けてきたのだろうか。桂木さんのプライベートエリアにドカドカ土足で踏み込んで、自分の既得権益だとばかりに新入りを排除しようとするなんて。

「アホかっ！」

シャワーを浴びながら思いっきり怒鳴った。私が桂木さんでも激怒する案件だ。『お前は俺の保護者のつもりか』と思うだろう。いや、桂木さんならそこまでは怒らないのか？　わかんないな。

シャワーを頭から浴び、トリートメントを流しながら身体が緩むまで目を閉じて待つ。

はぁ。朝からくだらないことにエネルギーを使ってしまった。

バスタオルを巻きつけて部屋に戻り、赤くて可愛《かわい》い椅子に座ろうとして踏みとどまった。

シャワーを浴びたばかりの身体で座ってはいけないレベルの椅子かもしれない。

「これも高級品だったりするのかな」

画像検索でこの椅子のメーカーを調べたら、ウォルターノルというメーカーのクラッシックエディションとやらだった。価格は二十万超え。こわっ！　この椅子で飲食するのは絶対にやめようと心に誓う。

と、ドアがノックされた。

「はい！」

「鮎川さん？　今ちょっといいかな」

「少々お待ちください」

慌てて服を着て、ドアを開けた。

「お待たせしました」

「ああ、シャワーを浴びていたんだね。申し訳ない」

「いえ、ちょうど出たところですので、大丈夫です。どうしました？」

「深山君が馬鹿なことをした。部下の不始末は上司の僕の責任だ。この通りです。申し訳ありませんでした」

「いえいえいえ！　頭を下げないでくださいよ。私なら気にしていません。言いたいことは全部言いましたので」

「うん、聞いた。びっくりしたよ。鮎川さんは言うときは言う人だったんだね」

「そうですね。人間関係は最初が肝心なので。深山さんにマウント取らせる義理はないですし」

「うん。確かにそうだ。ええと、立ち話もなんだから、下でコーヒーでも飲まない？」

「はい。いただきます。私が淹《い》れます」

一階のリビングダイニングで、コーヒーを淹れようとして、棚にコーヒーがないことに気づいた。

「桂木さん、コーヒーはどこですか?」

「冷凍庫」

「ああ、ありました。あ! 私の好きなのがあります。ロイヤルコナでいいですか。大好きなんです」

「僕も好きだよ。じゃ、それをお願いします」

フレーバーコーヒーのいい匂いを嗅ぎながら、丁寧にドリップしてテーブルに運んだ。

「うん、いい香りだ」

「ですよね。香りは甘いのに味は甘くないところが好きです」

「本当にすまなかった。さっき、聞こえてたでしょ? みっともないものを聞かせてしまった」

「みっともなくないです。お気になさらずに。桂木さんが深山さんを叱ってくださって、安心しました。あの録音を聞いて私との契約を取り消すと言われたら、それも仕方ないと思っていました」

「あんなことで君に出て行かれたら、僕は暗い気持ちで新年を迎えることになる」

「そう言ってくださってありがとうございます。家事代行業、全力で頑張りますね」

桂木さんは二度三度瞬きをしてからコーヒーを口にした。ん? なにも不躾《ぶしつけ》なこと言ってないよね? そこからは二人とも黙ってコーヒーを飲んだ。

美味《おい》しいコーヒーはどんなときでも心を宥《なだ》めてくれる。少々値が張っても、私は調味料とコーヒーは好みの品を買う。出せる金額に限度はあるけれど、一回分に換算すれば、ささやかな出費で確実な幸せを手に入れられるんだもの。

「深山君はね、ちょっと気の毒な生い立ちなんだ。見かねて声をかけて会社に入れた経緯があってね。だから彼は僕に恩義を感じているんだと思う。僕には過保護になるんだ。息子みたいな年齢なのにね」

「確かに過保護ですね。過保護というより過干渉、でしょうか」

そこでまた沈默。コーヒーが美味しくて幸せだ。

「こう言うとたいていの人は『気の毒な生い立ちって、どんなふうに?』と聞くけど、鮎川さんは聞かないんだね」

「私、他人の個人的な事情には首を突っ込みたくないんです。それに、深山さんの気の毒な生い立ちというのを聞いたところで、失礼なことをされたらこれからも遠慮なく嚙《か》みつきますし」

「そうか。他人に興味がないのか。そんな感じがしなくもないかな。深山君が無礼を働いたら、きちんと叱ってやってください」

「はい。そうします」

不幸な生い立ちの子供なんて、この世には星の数ほどいる。私も世間一般から見たら、相当に気の毒な生い立ちだ。けれど、それを他人様への言い訳に使ったことなんて、一度だってない。

「いつか深山君が自分からしゃべったら聞いてやってください」

「はい。もう口を利いてくれないような気もしますけど」

「いや、それはないと思うよ」

「それより桂木さん、腕の痛みは？　大丈夫ですか？」

「ああ、動くと痛いね。でも、二、三日もすれば動かさない限り痛みはなくなるって言われたから。待つしかないね」

「本当に遠慮せずに何でも言ってくださいね」

「はいはい。あ、今ここで『は』を聞いたら無理かな」

「かるたの『は』ですね。出せます」

「相変わらず即答で心強いね」

今、心が平静とは言えないから若干危険かな。まあ、たぶん大丈夫。

「は……はしゃいでもいいんだよ、君にもその権利がある」

「ふむ」

「辱《はずかし》めを受けても、私は私」

「ふうん」

「は……ハレとケの区別のない日々を歩む」

「面白いなあ。いつか今までの分を全部解説してもらえる？」

「はい。全部解説できますけど、たいして面白くないと思いますよ。桂木さん、これ、本当にお役に立ててます？」

「なに言っているの。解説される前なのに、既に十分面白いよ」

「そうですか」

あまり期待されてもがっかりさせるだけかな、と苦笑してしまう。

コーヒーを飲み終えた。

もう少しここに座って桂木さんとおしゃべりしたい気がするけど、私は雇われている身だ。

「ではそろそろ。ごちそうさまでした」

「うん、本業のお仕事を頑張って」

二階の部屋は、相変わらず居心地がいい。お金に執着しすぎる人から逃げて生きてきたのに、大金を投じて生み出された空間に、あっという間に馴染《なじ》んでいる。

「ここは、別世界ね」

骨折は一ヶ月もすれば治るだろう。桂木さんが期限を切って提案してくれたとおり、桂木さんのギプスが外れたら、この別世界から出て行こう。

今日は朝食の後で自分の仕事を一件片付け、その後は水回りの掃除から始めた。

五時間の契約だから迅速に働く。五時間で全部の家事を完璧に終わらせたい。水回りの掃除が終わったので、桂木さんに声をかけた。

「桂木さん、一階で立ち入ってはいけない場所はありますか」

「いや、特にないよ」

「わかりました」

トイレとお風呂を掃除して、玄関の床を水拭きしてから初めて入った桂木さんの寝室は、見事に物がなかった。

夜空みたいな濃い紺色のカバーをかけた寝具、床は天然木のフローリング。壁の色は淡い茶色。天井は壁より少し明るい薄茶色。落ち着く色で統一された部屋に、木製の机と書棚。それだけ。高そうな絵もおしゃれなインテリアもない。

掃除機をかけ、拭き掃除をし、窓を磨いて終了。次は庭だ。芝刈りが必要だろうか。芝刈り機はどこにあるのだろう。

「鮎川さん、　鮎川さん！」

「はい？」

「あなたは掃除をしていても聞こえなくなるんだね」

「あっ、ごめんなさい。なんでしょう？」

「お昼を外に食べに行く時間、ある？」

「ありますが、私の分は自分でどうにかします。往復の運転だけいたします」

「そう言わずにつき合ってよ。鯵《あじ》フライが美味しい定食屋さんがあるんだ」

鯵フライは大好物だけど、あれが大好きなことを桂木さんにしゃべったっけ？　と記憶を探ったが覚えがない。壁の時計を見ると十一時半。今から出かければちょうどいいか。

「好きそうだね？　鯵フライ」

「はい。大好きです」

「じゃ、行こう。肉厚で揚げたてアツアツの鯵フライにタルタルソースをたっぷりのせて食べると最高だよ。貝の味噌汁《みそしる》も美味しいし、女将《おかみ》さんの糠漬《ぬかづ》けがまた美味しいんだ」

「待ってください。ストップです。おなかが鳴ってしまいます」

「あははは。いいね。たくさん働いた鮎川さんは燃料を補給するべきだ」

運転席に座り、レクサスを動かした。

カーシェアで色々な車を運転したけど、レクサスの運転のしやすさよ。ハンドルとアクセルペダルからのレスポンスもいい。牙を隠した大きい猫みたいだ。きっとアクセルを強く踏み込んだら即時に猛スピードを出すんだろうな、と思いながらゆっくり安全運転をした。

『加藤《かとう》食堂』は漁港の目の前にあった。

お店は小さい建物で、紺色の暖簾《のれん》には『刺身　定食　加藤食堂』と白抜きの文字で書いてある。揚げ物のいい匂いが外まで漂っていて、店内に入ると美味しそうな匂いがワッと押し寄せてきた。

「この町に引っ越して最初に入った定食屋さんなんだけど、どのメニューも驚くほど美味しいんだ」

「メニューが豊富ですね。壁いっぱいに短冊が」

「鯵フライにする？　他のが良ければ好きなのを頼んで」

「いいえ、初志貫徹で鯵フライを」

注文を取りに来た女将さんは白い三角巾を被《かぶ》り、目尻の笑い皺《じわ》が優し気な人。

「僕は煮魚定食。ごはんは小で。こちらは鯵フライ定食。ごはんはどうする？」

「普通でお願いします」

「それと刺身の盛り合わせをひとつ」

「はい、ありがとうございます」

女将さんがいなくなってから、思わず「贅沢《ぜいたく》な」とつぶやいてしまい、桂木さんが笑った。

「あんなに掃除を頑張ってもらったんだ。このくらいご馳走《ちそう》させてね」

「ありがたいですけど、外食イコール毎回桂木さん持ちっていうのは気が引けます。私の分は私に払わせてください」

「鮎川さんは借りを作りたくない人なんだね」

「可愛《かわい》げないですよね。でも」

（お世話になりっぱなしは重荷です）という言葉はのみ込んだ。桂木さんにとっては鯵フライ定食をおごることは私がテーブルを拭く程度のことなんだとわかってる。でも。

そんな私を桂木さんはゆったりとした笑顔で見ている。イケオジの微笑、破壊力がある。ありすぎる。若い頃はさぞかしモテたことでしょう。いや、今もモテてるのかな。深山もそう言ってたか。

「桂木さんはとてもモテるそうですね」

「ああ、深山君が余計なことを言ったんだね。でもあれは間違った情報です。モテるというより執着されるんです」

「それって、モテるの最上級ってことですか？」

「そうじゃなくて……。いや、この話はやめよう。せっかくの美味しいごはんが楽しめなくなる」

「わかりました。すみません」

鯵フライ定食と煮魚定食、お刺身盛り合わせがテーブルに並んだ。本日の煮魚は大きなキンメダイだ。いただきますをしてから鯵フライにかぶりつくと、これが大変に美味《おい》しい鯵フライだった。タルタルソースは手作りらしく、ざく切りのゆで卵がたっぷり入っていて、これだけで食べたいくらい美味しい。

「鯵が肉厚でふわふわで、なんて美味しいのかしら！」

「でしょう。煮魚も美味しいんだ。刺身も美味しいよ」

「では遠慮なく。んんっ？　これはなんのお刺身かしら。初めて食べたような」

「これがイサキ、こっちはムツかな」

「へえ。東京の居酒屋さんで食べるのとは味が違うのはなんででしょうか」

「美味しいよねえ。鮮度の問題だけじゃない気がするんだ。潮風とか、店の雰囲気とか」

「ああ、そうかもしれませんね」

ふと、私が小学五年生の時、同級生に「お前の母親、サギシなんだろ？　刑務所に入ってたんだってな」と言われたことを思い出した。

『サギシ』ってなんだろうと辞書で調べて、意味を理解した。母が刑務所に入っていたことも知らなかった。母が一年ほど家にいなかったとき、父は「遠くの病院に入院している」と言っていたのだ。

そこから先の母とのやりとりはサイコすぎて、大人になった今でも理解に苦しむ内容だった。

「お母さんは詐欺師なの？」

「あー、ついに誰かから聞いちゃったか。そうよ。元、ね。ちゃんとお務めしたから、今は真っ当な人間よ。それとね、誰にも内緒だけれど、お父さんはお母さんよりもずっと腕のいい人なのよ。お母さんみたいにちっぽけな結婚詐欺とは違うの」

母はなんで十一歳の我が子にあんなことを言ったのだろうか。嘘《うそ》をつくプロなら、私にも嘘をついてほしかった。母親が詐欺師という事実に打ちのめされている娘に、「父親も詐欺師だ」と告げる神経が理解できない。

（私が美味しい美味しいと言って食べているのは、他人を騙《だま》して手に入れたお金で買ったものだったのか）

その時食べていた夕食は好物のすき焼きだったが、とたんに味がわからなくなった。

私が『自分の口に入れるものは自分で稼いだお金で払う』ことに頑固にこだわっているのは、あのときのショックが根っこにあるのかもね。いや、絶対そうか。

「鮎川さん？」

「あっ、ごめんなさい。あまりに美味しくってぼーっとしてしまいました。お味噌汁、美味しいですね。お豆腐とワカメなのに、お魚のいいお味がします」

「ここの味噌汁は魚のアラで出汁《だし》を取ってるから」

「だからなんですね。濃厚で美味しい出汁だなと思ってました」

二人とも完食し、食後の熱い麦茶も飲んだ。

「さあ、そろそろ帰ろうか」

「はい。あっ、桂木さん、申し訳ないのですが、化粧品を買いに行きたいです」

するとと桂木さんは返事をする代わりに私の顔をまじまじと見る。

「なんでしょう。今更ですけど、お化粧はしていません。七難全部を出しっぱなしにしてるんですから、武士の情けで見て見ぬ振りをしてくださいよ」

「あなたのご両親は美人さんをこの世に送り出したね」

「……桂木さん、そういうとこだと思います」

「なにが？」

「深山さんが、桂木さんには女性が群がってくるみたいなことを言ってましたけど、そうやってサラリと褒めるから。桂木さんみたいな人がそんなことを言ったら、勘違いする女の人はいっぱい出てくるかと」

「ふうん。でも、鮎川さんは勘違いしない人でしょ？」

「そうですね」

「そこが気楽なんだ。鮎川さんは初対面のときからそうだったよね」

「そう、というのは？」

桂木さんは答えない。まあ、いいけれども。

私も桂木さんと一緒にいると気が楽だ。別世界の人すぎて、男だ女だという方面で気を遣う必要がない気がする。

ご馳走すると言う桂木さんに、鯵フライ定食の分をきっちり払った。お刺身の分は受け取ってもらえなかった。

美味しいごはんで満ち足りていた私は、ご機嫌で車を走らせた。


ショッピングモールで化粧品を手早く買い揃《そろ》え、「桂木さんが待ってる」と焦って待ち合わせのホールに向かった。だが、そこで足を止め、方向を変えて駐車場に向かう。

桂木さんが年配の男性と親しげに話をしていたのだ。

私と一緒に買い物をしていると知られたら、勘繰られるかも。桂木さんに迷惑をかけたくない。

私は駐車場に向かいながら、ショートメールを送った。

『お話し中だったので、先に駐車場に行っています　鮎川』

正面出入り口を使わず、近道するつもりで駐車場に面している家電量販店の一角を通り抜けた。

そしてズラリと並んでいるテレビの画面で、見てしまった。

どこかの国の繁華街で、現地グルメを紹介しているワイドショー。その画面の奥に、小さく父が映っていた。

父は楽しげに誰かとしゃべっている。横顔を撮影されていることに気づいていないのだろう。結構長い時間、父の横顔がテレビに映し出されていた。

どうか、どうか誰もこの父の姿に気づきませんように。そう本気で祈りながらテレビの画面を見つめた。

「どうしたの?」

「ひっ!」

「メールをありがとう。おかげで面倒な誘いを断ることができて良かったよ。鮎川さん?どうしたの? なにかあった?」

「いいえ。なにもありません」

すぐ近くから桂木さんの声がした時に、ビクッとなった自分が忌々しい。

今の画面を、桂木さんは見ただろうか。思わず桂木さんの表情を探ってしまい、(余計なことをするな、落ち着け!)と慌てて取り繕った笑顔を浮かべた。

だけど私は直後に桂木さんの観察眼を甘く見ていたことを思い知る。

車を出そうとしたら、桂木さんが私の方に身を乗り出して、ハンドルを左手で押さえた。

「車を出すのは、少し落ち着いてからにしよう。なにかあったんでしょ？　動揺したまま運転するのは危ないよ。それと、僕は鮎川さんの作り笑いと本当の笑顔を、見分けられるんだ。さっき、鮎川さんは慌てて作り笑いをしてた」

バレてる。

桂木さんが身を乗り出してハンドルを押さえたまま動かない。距離が近くて緊張する。グリーン系の柔らかなコロンの香りがすぐ近くから漂ってくる。やめてほしい。願うことなら素敵な男性ではなくて、イケオジという別枠の存在でいてほしい。

雇用主を男性として意識するなんて、やってはいけない最たるものですよ。

「桂木さん、わかりました。車はまだ出しません。そろそろハンドルから手を離してください」

「なにがあったの？　誰かになにかされたの？」

「なにも。テレビに知っている人が映っていたから驚いただけです。本当です」

「知ってる人って？」

「名前を言っても桂木さんは知らない人です」

「そう……。鮎川さんが恐怖を感じているように見えたんだけど、勘違いだったか。誰にもなにもされてないならよかった」

桂木さんがハンドルから手を離した。ほっとする。桂木さんにドキドキしてしまったことをなかったことにしたくて、思わず茶々を入れてしまう。

「私が誰かになにかされていたら、どうにかしてくれるんですか？」

「されたの？　どんな人？　早く言いなさい。僕が今からそいつのとこに行くから！」

「いえいえいえ、ごめんなさい、冗談です。誰にもなにもされてません。本当です。余計なことを言ってごめんなさい。そろそろ車を出しますか？」

「もう少し待って。あなたが落ち着くまで運転をさせたくない」

「わかりました」

びっくりした。

桂木さんはそういう行動をとる人なのか。昨日今日知り合った私なんかのために？　骨折してるのに？　白馬の騎士か。

「鮎川さんが落ち着くまで、『に』の付く言葉を考えるのはどう？」

「あっ、はい。『に』ですね。ええと、『にゅうめんを食べながら年を越す』では？」

「深い話がありそう。それでエッセイが書けそうじゃない？」

「書けませんよ。ただのしみったれた話ですから。あとは、ええと、『賑《にぎ》わう街のエアポケットに二人』」

「へえ。まだある？」

「に……『ニンジンで走れる距離には限度がある』」

「ふふ。ありがとう。そろそろ大丈夫そうだね。車を出してください」

「はい」

助手席で、桂木さんはスマホにメモしている。左手の動きが素早い。あっという間に記録し終えた。

桂木邸に帰り、ライターの仕事をしてから夕日が差し込んでいる時間に窓を拭いた。陽が当たっているときは汚れがよく見えるのだ。ゴシゴシとガラスを磨き、合間に仕事の依頼の電話を受けた。少しずつライターの指名仕事が増えていることがありがたい。

今日、桂木さんは朝から仕事で東京に出かけている。そう言えば、今はどんな仕事をしているのだろう。前に名刺をもらったから調べてみようかなと思ったけど、ＩＴ関係は調べてもわからないか。

夕方の四時。十一月の太陽はもう沈みそうだ。急いでウォーキングに出た。

たっぷり歩き、音楽を聴きながら家に向かっていると、後ろから来たタクシーが停《と》まって桂木さんが降りてきた。

「おかえりなさい桂木さん」

「ただいま。ウォーキング？」

「はい。この町の地図を頭の中に作りたくて」

「じゃあここから一緒に歩いてもいいかな。一緒だと鬱陶しい？」

「そんなことありません。桂木さん、私に気を遣いすぎです。一緒に家に帰りましょう」

「ありがとうね。この辺りは路地が多いでしょ？　夕方に路地を歩くと、いい匂いがするんだよ」

「想像がつきます。子供が『おかあさん！』とか言っている声も聞こえるんでしょう？」

「そうそう。平和な匂いと音ね」

三《み》つ揃《ぞろ》いのスーツを着ている桂木さんはかっこいい。自宅にいるときは前髪がハラリと落ちていることが多いけれど、スーツを着ているときは額を出している。それもまたかっこいい。

「おなかすいたなぁ。お客さんと話が盛り上がって、昼に行こうと思っていたパスタの店に行きそびれたんだよ。昼飯抜きだった」

「では、今夜はパスタにしますか？　早めに夕食の準備をしますよ」

「お願いできる？　できればシーフードの辛《から》いパスタがいいんだけど。アラビアータ」

「お任せください。東京のイタリアンと同じ味にはなりませんけど」

「楽しみにしています」

という経緯があって、冷蔵庫にある食材で私が作った。トマト味の辛いシーフードパス夕と、サラダ、白菜とハムのコンソメスープだけの夕食。

「ああ、美味《おい》しそうだ。ワインを開けよう。鮎川さんも飲むよね？」

「いえ、私は仕事があるので」

「じゃあ、炭酸水でいいかな？」

「はい」

片腕を吊《つ》っているというのに桂木さんは身軽に動き、黒い箱からワインを取り出した。

箱の中には二十本くらいワインが入っていた。

「それは、もしやワインセラーというものですか」

「うん。管理に気を遣うのが面倒だから買ったの」

（ワインセラーくらい当たり前か。可愛《かわい》い椅子があんな高級品だったものね）

感心しながらワインセラーを見ていたら、振り返った桂木さんと目が合った。

「あれ？　ここを開けたことがなかったの？」

「はい。勝手に開けるのはちょっと」

「いいよ。どこでも好きな扉を開けなさいよ。飲みたかったら言ってよ。一緒に飲もうよ」

「許可がない扉は開けませんし、桂木さんのワインが飲みたいなんて恐ろしいことは言いません」

「どうして？　雇われているから？」

「はい」

「真面目だねえ……。さあ、一緒に食べよう。いただきます」

「どうぞ、召し上がれ。少し辛すぎたかも」

「ちょうどいい辛さですよ。美味しい。この家でこうして美味しいパスタを食べられるのはありがたいなあ。え？　君は更にタバスコかけるの？」

「はい。辛いのが大好きなんです。一時期は中毒のように唐辛子にはまっていたことがあって」

「おなかが強いんだ？」

「鋼《はがね》の胃腸です」

桂木さんがむせた。気管に入りかけたらしく、顔を赤くして激しく咳《せ》き込んでいる。急いで立ち上がって背中を叩《たた》いた。桂木さんは水をゴクゴク飲んで、やっと落ち着いた。

「はあ、僕を殺す気ですか」

「すみません。そんなに変なことを言ったつもりはなかったんです」

「鮎川さんの言葉の選び方が、毎回意外で面白いよ」

桂木さんは左手を使ってゆっくりパスタを食べながら話し始めた。

「右手が使えないと、思ってたよりも仕事の効率が悪くて参ったよ。僕はこの家に住むことを決めたときに、孤独死は覚悟の上だったんだけどね。腕が折れたくらいでこれだ。覚悟の甘さを思い知らされたな」

「独り暮らしだと、一度は孤独死を考えちゃいますよね」

「倒れて激痛で動けなくなったとき、とても慌てたんだ。孤独死もやむなしと頭では覚悟していたけど、まさか庭であんな目に遭うとは想像していなかった」

「私は危ないなと思いながら二階から見ていたんです。桂木さんが倒れた瞬間、かなり慌てました」

「あのとき、裸足《はだし》で駆けつけてくれた鮎川さんは後光が差して見えた」

「後光って」

後光という言葉で、鮎川シゲさんを思い出した。

亡くなる前日、もう声を出せなくなっていたシゲさんが、私を見ながらゆっくり両手を合わせて拝むような仕草をした。何事かと驚いていたら、口が『ありがとう』って動いたっけ。

あ、だめだ。泣くな。パスタを食べながらいきなり泣くなんて、はたから見たら情緒不安定な怪しい人だ。

「鮎川さんの存在をありがたいと思うのと同時に、一人暮らしは僕が思っていた以上に船底の板が薄いと気づいたなぁ。あのとき、鮎川さんがいなくて、僕の胸に剪定《せんてい》ばさみが刺さっていたら、恐怖と痛みを抱えながら死んでいたんだろうなって、救急車の中で思ったよ。あ、こんな言い方したらあなたは重荷に感じるね。すまない」

「やめてください。そんな最悪な場面を想像しても、何もいいことありませんから。聞いているだけで切なくて泣きそうになります」

シゲさんは「結婚なんて煩わしいだけと思っていたんだ。でもね、もうすぐ死ぬんだなと思ったら、子や孫に囲まれて死ぬ人がちょっと羨ましくなった」と言っていた。

いよいよ危ないなと感じてからは、仕事ではなく、娘として二十四時間付き添った。この人が本当の父親だったらよかったのにと思いながら、お世話をした。

いいケアマネさんにも恵まれて、介護の人手もあった。あんな穏やかな最期を、私は迎えられるだろうか。

「鮎川さん、聞いてる？」

「はい。聞いてます」

「この前の『賑わう街のエアポケットに二人』っていうの、意外だった。これまでの傾向からすると、エアポケットに一人っていうパターンのような」

「あれは、別れ話が出るか出ないかっていう時期のことを思い出したから。そういう時期は二人でいても一人でいる以上に寂しいですから」

「それはお付き合いしていた人の話？」

「はい。この年齢ですから、そんな経験もあります。あっ、年齢を言っていませんよね？三十です。私は年相応に見えると思います」

「三十か。私は父親世代だね」

「父親はないですよ！」

失敗。否定の勢いがありすぎた。

その上あやうく「そんなにかっこいいのに」と続けて言ってしまうところだった。危ない危ない。いくらなんでも雇い主に向かってそんなことを言うのは雇われている者として失格だし、『あなたはストライクゾーンですよ』と言っているようで下品すぎる。いろんな意味で危なかった。

「鮎川さん？　どうかした？」

「どうもしません。話は変わるんですけど、桂木さんはご自分からあっさり五十だっておっしゃいましたね。私、年齢の話になったときに『私って何歳に見えますか？』っていう人、男女を問わず苦手です。正直に言うと、苦手を通り越して、嫌いです」

「ほう？」

「それって、実年齢より低く言ってほしいっていう願望が込められているでしょ？　聞かれた方に圧力がかかりますよ。回答者にサービスを要求する圧力。ドンピシャで正解を言ったらムッとされたり悲しい顔をされたりするし。知らんがなですよ。なんで年齢も知らない程度の付き合いのあなたに、私がヨイショしなくちゃならないのって思います」

桂木さんがゆるく笑い出した。

「ふふ。確かにそうだね。何歳に見えますかって聞かれたら、あなたはどうするの？」

「面倒だから白けない程度に大げさにサバを読んで差し上げます。そして心の中で『関わりたくない人リスト』に名前を書き込みます」

桂木さんはこの答えがずいぶん気に入ったらしく、食べ終わるまでずっとクスクス笑っていた。食べ終わってワインを一本空けてもまだ桂木さんは笑っていて、桂木さんの笑いのツボがわからない。

「そういえば今日、昼間に白菜が届きました」

「うん、知り合いが毎年送ってくれるんだ」

「明日は白菜と豚バラのお鍋にしましょうか」

「いいねえ。豚バラって、美味しいよね。自分で買い物をするときはついつい赤身を選んじゃうけど、脂身の美味しさは捨てがたい」

「コレステロールを気にしてるんですか？　日本動脈硬化学会はとっくに方針を転換したのに」

「なにそれ、知らない」

そこで私は、数年前にコレステロール摂取の上限値がなくなったことを説明した。

「なんてことだよ。僕の節制は無駄だったのか。鮎川さん、明日はステーキを食べに行こう。サシががっつり入ってるやつね」

「振り切りますね」

「三百グラムは食べてやる」

「了解です」

楽しい夕食だった。

翌日から規則正しい生活が始まった。六時半に朝食、昼は外食、夜は七時に夕食。

昼は毎回支払いで揉《も》めていたが、桂木さんの「この程度の金額で食後に毎回すったもんだするのがもう、面倒」という言葉と『勘弁してよ』という表情に私が負けた。

結局「運転手代」という名目でご馳走《ちそう》されることに落ち着いた。

私はこっそり小遣い帳を買ってきて記録している。我ながら頑固だと思う。

◇　◇　◇

今日も昼に外食だ。その外食中、ポケットの中でスマホがブーンブーンと鳴った。

スマホの画面に『前田美幸《まえだみゆき》』の表示。私の姉のような人。でも今は桂木さんと食事中だし仕事中なので切った。

「出ていいのに」

「いえ。大丈夫です」

「鮎川さん、今は休憩時間でしょ？　もしかして仕事だと思って食べてる？」

「切ったのは、電話に出たら長くなる人だからです」

「そう」

仕事中だと返事したら、楽しそうにしている桂木さんに申し訳ない気がして、そう答えた。

今日のランチは磯《いそ》料理屋さん。桂木さんは地魚の漬け丼、私は三種の貝のかき揚げ丼。

「ごはんは少な目でお願いします」と頼んだ私に、桂木さんが目顔で『なぜ？』と尋ねてくる。

「毎日美味《おい》しいものを食べているせいか、おなかに肉がつきそうな気配があるんです」

「鮎川さんはもう少し肉をつけても問題ないのでは？」

「肉をつけるのは一瞬ですけど、ぷにぷにを取るのは一年かかりますから」

「女性は痩せ過ぎをよしとする傾向があるからなぁ。ぷにぷには魅力のひとつなのに」

「桂木さんはそういうご趣味なんですね」

「えっ。いや、趣味って。そういう意味じゃないよ」

あれ？　桂木さんが珍しく動揺しているのを見て、私もなぜか慌ててしまう。

気まずい空気になりかけたところで、タイミングよくどんぶりが運ばれてきた。三種の貝のかき揚げなんて、生まれて初めて食べる。メニューによると、三種はアサリと小柱とハマグリだ。くぅぅ、贅沢《ぜいたく》ここに極まれり！

「いただきます」

「はいどうぞ、召し上がれ。これからは僕もそう言うことにした」

「いい言葉ですよね。召し上がれ、って。では」

ザクッとかき揚げにかぶりついた。甘い醬油《しょうゆ》のタレとコリコリした貝。弾力があるのはハマグリだ。嚙《か》むと貝の旨《うま》みが口の中いっぱいに広がる。そこにタレがかかったアツアツのごはんを口に放り込む。

ううう、口の中が幸せだ。

「美味しいです！」

「よかった。僕の漬け丼もいい味だよ」

「ワサビが本ワサビなんですね」

「うん。ここは地元の人が通う店だから、値段の割にとんでもなくクオリティが高いんだ」

「確かに。あ、お味噌汁《みそしる》がアラ汁です。大好きです」

「鮎川さんは幸せそうに食べるから、一緒に食べていると僕まで楽しくなるよ。ぷにぷにを受け入れてくれるなら、もっともっと食べさせるのに」

「あはは。そんなに食べたら出て行くときにはぷにぷにだらけになってそうです」

桂木さんがほんの一瞬だけ固まり、すぐに笑顔になった。出て行くなんて私の口から言うのは失礼だったか。

その後はひたすら食べた。食べ終わってお茶を飲んでいるときに、かるたの件を切り出した。

「桂木さん、かるたですけど、次は『ほ』ですよね」

「おっ。鮎川さんから切り出してくれるのは初めてだね」

「今、思い出したことがあって。『ほ』、本気で怒ってもらえる幸せ」

「うん」

「本気で怒られて、子供のときに生き方を変えたことがあるんですよ」

「へえ。それは良き人との出会いだったんだよね？」

私は思いきり強くうなずいた。

「ええ。いじめっ子に心を殺されずに済みました。私、二年間くらいかな、いじめられっ子だった時期があるんですけど、さっきの電話の人に本気で怒られて、それ以降は誰にもいじめさせませんでした。深山さんにも、ついそれが出ちゃいました。深山さんはいじめたわけじゃないのに」

「深山君のことは気にしないでいいからね。あなたにそんな出会いがあって心を殺されなかったことは、本当に良かったよ。その人にお礼を言いたい気分だ。いつかその話をしてくれる？」

「いいですよ。それと、今度その人に、桂木さんの今の言葉を伝えておきます」


美味しい昼食を終えて桂木邸に帰り、美幸さんに折り返しの電話を入れた。

「お待たせ、美幸さん」

「彩恵子《さえこ》ちゃん、新居の住み心地はどう？　本物の古民家なんでしょ？」

「そのことなんだけど、貰《もら》い火みたいな感じで全焼しちゃった」

「全焼？」

「うん。海岸でロケット花火をして遊んでいた若者の不始末っていうか。今はお隣さんに助けてもらっているの。家事代行の仕事をしながらこの先の計画を立てているとこ」

美幸さんが電話の向こうでしばらく絶句した。

「なんてこと。彩恵子ちゃん、そういうことなら東京に帰っておいでよ。私のマンションに同居すればいいじゃない」

「一ヶ月間はこっちで家事の仕事の契約をしたの。それまではここにいる。それより美幸さん、父さんをテレビで見た。ワイドショーにたまたま映ってた。フィリピンでもまた詐欺をやってるんだと思う。そんな感じの顔だった」

「へえぇ、そうなんだ？　でも、彩恵子ちゃんはもう関係ないよ。養子に入ったんだし、真面目に働いている。くそ親父《おやじ》のことは忘れなさい。いい？　あなたが苦しむことないからね？　じゃあ、一ヶ月たったら帰っておいで。二人で暮らそうよ。私、待ってるよ」

「ありがとう。少し考えさせてね」

そう言って電話を切って、私はベッドに仰向けに寝転んだ。

いずれここには居られなくなるのだから、美幸さんの申し出はとてもありがたい。そうよねえ。今から家を建て直すより保険金は手元に置いておいて、先の見通しがつくまではルームシェアしたほうがいいのかもね。家を建てるという一大事業は、それを想定していなかった今の私には荷が重い。


美幸さんは児童養護施設の仲間だ。

一学年上の美幸さんは、両親が離婚して母親が出て行ったあと、父親の交際相手に虐待されたらしい。担任の先生が動いてくれて、施設に保護されたそうだ。

私は小学六年で美幸さんと同じ施設に入り、彼女にはとても可愛《かわい》がってもらった。

ある日、私の母の結婚詐欺のこと、両親が国外逃亡していること、施設で暮らしていることを理由に学校でいじめられていると話したら、美幸さんは激怒した。

翌日、彼女は下校時間に私をいじめている女子グループを待ち伏せた。

全員の荷物を持たされて歩いている私を見て、美幸さんはいじめグループのリーダーの前に立ち塞がった。美幸さんの目が吊《つ》り上がっていて、知らない人みたいな怖い顔になっていた。

「おい、お前、ツインテールのお前だよ。うちの彩恵子になにさせてんだ。これからもう絶対に彩恵子に手を出すな。この子を虐《いじ》めたら、その気色悪いツインテールを地面にこすりつけて土下座したくなるような目に遭わせてやる。お前、すんごく頭が悪そうな顔だけど、言われてる意味がわかるか？」

美幸さんは一瞬でグループのリーダーを見抜き、最初から最後までその子だけを見つめて話をした。最初は強がっていたツインテールが泣き出しても許さなかった。

「泣いたら許してもらえると思ってんの？　お前、彩恵子が泣いたら許したか？　許さなかったよな？　だからアタシも許さない。中学、高校、大学、勤め先、どこへ行ってもお前が彩恵子に何をしたか、周りの人に詳しく教えてやるよ。全部本当のことなんだから、何も問題ないだろ？」

美幸さんはそう言うと、私が持たされていた大量の荷物を私の手からもぎ取り、高く振りかぶってからバシィッと地面に叩《たた》きつけた。

そしていじめグループの顔を一人一人睨《にら》みつけながら、ゆっくり一個ずつ手提袋やランドセルに足を載せ、グリグリと踏みにじった。

「てめえの荷物はてめえで持てよ。馬鹿だからわかんないんだろうけど、それが世間の常識なんだよ。このこと、親にでも警察にでも言いたきゃ言え。その代わり、何年かかっても仕返ししてやる。言っとくけど、これはお前らが先に始めたことだからな。それを忘れんなよ？　やったらやられるんだよ！　うちの彩恵子を家来みたいに扱いやがって。おい、お前らもこのツインテールと同罪だ。これから一度でも彩恵子をいじめてみろ。全員の名前を調べ上げて、お前らがどこへ逃げても仕返ししてやる。覚悟しておけよ、このクズどもがっ！」

全員が恐怖のあまりに、血の気が引いた顔で泣いていた。ガクガクと震えている子もいた。それを暗い笑みを浮かべて眺め、美幸さんは私の手を引いて施設に帰った。そして猛烈に私に説教した。

「彩恵子ちゃん、あんたもあんたよ。黙ってやられてるんじゃないよ。ああいう連中はね、相手が抵抗しないとどんどんつけ上がる。そしてやられる側は、最後は殺されるんだよ」

「ころ……まさか」

「心を殺されるんだよ。親や同級生に心を殺された子、ここには結構いるでしょ？　心が死ねば、生きていても死人なんだ。心を殺される前に戦いなよ。彩恵子ちゃんの心も命も、ことは自分で守らなきゃいけないんだ」

美幸さんは若い女に虐待される日々を経て、自分の心と命は自分で守ると決心したのだそうだ。あの汚い言葉の数々は、その女に言われ続けて覚えたんだと笑っていた。

私は翌日からピタリといじめられなくなった。その代わり、クラスの中で完全に孤立した。でも、施設に帰ればみんなと仲良く暮らせたから、孤立していることには耐えられた。

「彩恵子ちゃんは作文が得意でしょ？　そういう方面の仕事をすればいい。私たちは自由なんだし」

「自由かな？　親もいないのに」

「親がいないからだよ。アタシたちは最高に自由なんだ」

古いことを思い出しながら窓ガラスを磨いていたら、ポケットの中でスマホが震えた。

画面を見たら数字だけ。十一桁の番号は、登録しなくても数字で覚えている。父を追っている水川《みずかわ》刑事だ。チラッと振り返ったら、桂木さんはソファーで新聞を読んでいる。

ブーンという音が桂木さんに聞こえないよう、スマホを両手で挟んでしばらく待った。だけど水川刑事は私が出るまで諦めないつもりらしい。私のほうが諦めて、二階の部屋に駆け込んだ。慌てていたから、桂木さんが私を見ていたことには気づかなかった。

「はい」

「ああ、やっと電話に出てくれた。久しぶりだね、彩恵子さん」

「お久しぶりです、水川さん」

「彩恵子さん、あなた、自分の素性を隠すためなのかな？　ずいぶんいろいろ工夫しているんだね。今は鮎川姓になってるんでしょ？」

「はい」

「相変わらずぶっきらぼうだなあ、お父さんから連絡は来ましたか？」

「いいえ」

「そうですか。あなたのお父さん、この前テレビに映っていてね。マニラにいることがわかったんだ」

「そうなんですか」

ああ、やっぱり気がついた人がいたのね。

早く焼け落ちたあの家と土地を処分しなくては。マスコミに追いかけられてからでは足元を見られて買い叩かれるかもしれない。不動産屋さんに丸投げしたままだったけれど、急いでもらわなきゃ、と水川さんの声を聞きながら思った。

「お父さんがマニラにいると聞いても驚かないんだね」

「フィリピンに逃げたと教えてくれたのは水川さんじゃないですか」

「まあね。あなたの所在を知りたかったから少し調べたよ。あなた、家事代行業で知り合ったご老人から、土地と建物を貰ったんだね」

「はい。でも水川さん、あれは鮎川さんが自ら手続きしてくれたものです」

「わかってますよ。正式な公正証書遺言だ。手続きには一点の曇りもなかった。あれ、彩恵子さんから持ちかけたの？」

「違いますっ！」

　きっとそう疑われると思ったから、相続放棄の書類を作ったのに。

「まあ、そう興奮しないで。そうだろうね。あなたはお母さんとはタイプが違うものね」

「なにが言いたいんですか？」

「別になにも。お父さんから連絡が来たら、必ずこの番号に連絡ください」

「はい」

「頼みましたよ。お父さんから連絡が来たのを黙っていると、それはそれであなたを警察に呼ぶことになるからね。それと、鯛崎町《たいさきまち》で火災保険の保険金も手に入れているね。今、まだ鯛崎町にいるの？　それとも東京？」

「言いたくありません。また職を失いますから」

「調べる手間が省けるから教えてほしいんだけどな」

「今、仕事中なんで切りますね。それと、火事の火元は判明してますから。私が火をつけたわけじゃありません。誤解しないでください。では失礼します」

私はそこで電話を切った。

どうしよう。警察が聞き込みを始めたら、私がここにいることなんて半日でバレる。おなかの中が、ギリギリと締め付けられるように縮こまるのを感じた。

「残念だけど、もうここもダメか」

その日から、私は忙しく動き回った。

口座の残高を確認し、美幸さんに事情を説明して「もしものときはしばらく同居させて」と頼んだ。

やましいことはしていないけれど、桂木さんに同情されながら出て行くのは、あまりに惨めだ。水川刑事がここに聞き込みに来る前に出て行きたい。

キッチンの壁に深山奏の連絡先が貼ってある。桂木さんになにかあったときのための貼り紙だ。

私は深山奏の連絡先にショートメールを送った。

『話したいことがあります。都合がいい時に電話をください。鮎川紗枝』

深山奏は二分後に電話をかけてきた。

「なに？」

「私、近日中にこの家で働くのは辞めようと思います」

「へえ。契約を途中で投げ出すの？　それはそれは」

子供の仕返しか。だけど深山に頼み事をしたいから、今は喧嘩《けんか》を買うわけにはいかない。

「桂木さんのギプスが取れるまでまだかかりますから、お世話をする人が必要なんです」

「そうだね」

「深山さんはここに住み込めないいんですか？　桂木さんは家事代行業者を入れたくないらしいですし」

「チッ」

舌打ちされた。深山奏め。

「こっちも手一杯なんだよ。だからあなたに今出て行かれると困るんだ。違うわ、困るんです」

「ためロでいいですよ。心に敬意のない敬語は無意味ですから」

「チッ。今出て行かれると本当に困るんだよ。なんで急に出て行くわけ？」

「一身上の都合です」

「無責任だよ」

「申し訳ございません」

「いいよ、心に敬意のない敬語は」

こんな場合なのに、思わず笑ってしまった。

「笑ってる場合じゃないだろう。辞める理由は電話じゃ話せないようなことなの？」

「はい」

「僕とあなたの電話なんて、誰も盗聴しないよ！」

「そうね。でも、詳しい事情は電話では言いたくない。どうなのかしら？　私の代わりが見つかる当て、ありますか？　それとも見つかりそうもないのかしら。そこだけ返事してください。桂木さんを一人で置いて出るのは気が引けるんです」

深山はしばらく『んんん』とか『はああああ』とか言っていたが、私は黙って待った。やがて深山が何かを決めたらしく会話が再開された。

「よく聞いて。その家から駅に向かって進むと県道の左手にガロっていうスナックがある。流行《はや》ってない店だから人に聞かれたくない話をするにはちょうどいいんだ。そこに二十時半に来て。僕が対処できることなら、なんとかするよ。とにかく勝手に出て行くのはやめろ、じゃない、やめてください」

「……」

「相談を持ちかけておいて返事もなしかよ！」

「わかりました」

そこで唐突に電話は切れた。深山奏、あなたは桂木さんのためなら、嫌っている私の頼み事でも聞いてくれるのね。見直したわ。

夜の七時半すぎ。仕事中の桂木さんに「ウォーキングしてきます」と断って家を出た。

スナックガロはあまり流行っていないらしい。私の他にはカラオケで歌っているおじいさんが一人いるだけだった。今時珍しいロングカーリーヘアの女性が注文を取りに来た。

「ご注文は？」

「コーラをお願いします」

「コークハイじゃなくて？」

「はい。コーラで」

グラスに氷がたっぷり入ったコーラは、ストローで一回吸ったら終わりそうな量しか入っていない。それを飲まずにかき回していたら、深山奏が入ってきた。

「早いな」

「お願いをする立場ですから」

「ママさん、僕もコーラで。あと、なにか食べる物」

「今日はおでんと刺身、モツ煮、あとはおにぎり」

「じゃ、刺身とモツ煮とおにぎり」

「はい、ちょっと待っててね」

一度トイレに立った深山奏が戻ってきて私の顔を見る。

「で？　なんで急に辞めるわけ？　なんか失敗でもしたの？」

「してない。だけど近々、私の親のことで刑事が訪ねて来そうだから」

「刑事って、あんたなにをしたの？」

「私じゃないって。私の親。だけど、私のことを追いかけてるマスコミとかがいるのよ。刑事が動くとマスコミも動くから。私の親のことで桂木さんに迷惑をかけたくないの。それに、居づらくなってから出るより、今のうちに出て行きたい。桂木さんて、迷惑をかけても助けてくれそうだけど、それは私が嫌なのよ」

「ふうん」

深山奏は、カラカラとストローでコーラをかき回している。私は黙ってその手元を見ている。桂木さんはこの人のことを『気の毒な生い立ち』と言っていた。気の毒な生い立ちという以上、親絡みで苦労してるんだろうと思った。だから深山奏には刑事が来ることも話しやすい。

「わかった。家事代行は辞めないでほしい」

「なんで。私の話を聞いてた？」

「聞いてたよ。あのね、桂木さんが女性を家に入れてあんなふうに寛《くつろ》いでいるのは、かなり珍しいことなんだ。それに、あなたが真面目に家事をこなしているのはわかってる。家がきれいだしね。本当にあなた自身は関係なくて、親のことなんだよね？」

「うん」

「じゃあいいよ。逃げる必要ないじゃん。堂々としていれば？」

それはあのつらさを経験してないからそう思うんだろうね。

「刑事に近所で聞き込みされてごらんなさいよ。どれだけ雇い主に対して申し訳なくて肩身が狭いか。深山さんは経験がないからそんなこと言えるのよ」

「あるよ、経験なら」

「あるんだ？」

「僕の父親は飲酒運転でひき逃げして捕まってる。相手に重傷を負わせた上に飲酒がばれるのを怖がって逃げたんだ。がっちり保険に入ってたって、飲酒でひき逃げだからね、保険金は一円も出なかった。相手は学生だったから、賠償金は億を超えたんだ。うち、貯金を洗いざらい差し出してマンションを売り払っても足りなくて、自己破産して、両親は離婚だよ」

「……そうだったの」

「親父《おやじ》さえ酒を我慢していれば、被害者含めてみんなそのまま平凡に生きられたのにさ。たいして酒好きでもなかったんだ。最悪、逃げなきゃよかったのに。馬鹿な人だよ」

そこでお刺身とモツ煮とおにぎりが来た。お刺身は美味《おい》しそうなマグロの赤身だ。

深山は一味唐辛子をモツ煮にたっぷり振りかけて食べ始めた。視線をモツ煮とお刺身に向けたまま、深山がしゃべる。

「そんな状態で、まあ、母親が過労とストレスで心を病んじゃってさ。僕は学校になんて行っている場合じゃなくて。高校中退でバイトを掛け持ちで働いていたんだ。そうしたら、桂木さんが助けてくれたんだよ。親父が以前に桂木さんの会社で新人の教育係だったってだけなのに、『出世払いでいいよ』って、学費から生活費から全部出してくれてさ」

「桂木さんはきっと、深山さんが出世してもお金を受け取らないんでしょうね」

深山が驚いた顔になった。

「その通り。へえ。わかるんだ？　桂木さんは『その額のお金はあってもなくても僕には同じだよ』って。『でも、君にとっては大金でしょ』って。『もっと稼ぐようになったら返して貰《もら》うね』って」

「深山さんは桂木さんに恩を感じていたのね。ごめんね、古女房とか言って」

「別にいいよ。本当のことだと思ったし」

「深山奏」

「フルネームで呼び捨てかよ！」

「私、あなたのこと見直したわ」

「は？　どんな上から目線だよ。とにかく、桂木さんはあんたの事情程度で態度を変える人じゃないから。器が違うから。だから辞める必要なんかないよ」

「刑事が来ても？」

「うん」

「近所に聞き込みされて噂《うわさ》になっても？」

「そうだよ。桂木さんを甘く見るなよ」

「そう……わかった」

そこで深山奏はまたトイレに行き、戻って来るといきなり頭を下げた。

「鮎川さん、僕も悪かった。あの時は申し訳ありませんでした」

「いいわよ、お互い様だし。私も年上なのに大人げなく噛《か》みついたわ」

「僕のこと、めっちゃ煽《あお》ったよね？　あんなことしていると、いつか誰かに殴られるよ？」

「あなたは手を出せないと思った」

「チッ！」

舌打ちしてから、深山奏はフッと笑った。

私は勧められるままに深山奏のマグロのお刺身をひと切れ味見させてもらい、流行らないスナックのお刺身が美味しくて悶絶《もんぜつ》した。海辺の町は魚が美味しいよ。できればずっと、この町にいたいなぁ。

深山奏は「明日も早くから忙しいんだ」と言って早々に帰る様子。帰り際、私が深山奏の車の窓をノックして、窓ガラスが下がるのを待って声をかけた。

「深山奏、デートするときは水分を控えた方がいいよ」

「なんで？」

「膀胱《ぼうこう》に余裕がない男はモテない」

深山奏は一瞬鳩《はと》が豆鉄砲を食らったような顔をしてから「うるせえ！　ほっとけ！」と叫んで車を出した。私は来た時よりもずっと明るい気持ちで桂木邸に帰ることができた。

翌日から緊張して暮らしたけれど、電話から一週間が過ぎても水川刑事は現れていない。

◇◇◇

その日、桂木さんは東京に出かけていて、夜の八時過ぎに「東京駅で買ってきたよ」と言って香炉庵《こうろあん》の東京鈴《すず》もなかをお土産に持ち帰ってきてくれた。鈴もなかが大好物の私は、素で大喜びして、「そんなに好きなんだね」と生暖かい感じに微笑《ほほえ》まれてしまった。

夜の十時ごろ。

お茶を淹《い》れて一緒に鈴もなかを食べていると、桂木さんが改まった感じに話を始めた。

「鮎川さん、しばらく前に電話が来たことがあったでしょう？　窓拭きしていたとき。あのときから、ちょっと変だね」

「そうですか？　気のせいですよ。私はいつも通りです」

「そうかなぁ。それで、立ち入ったことを聞くけど、あなたと鮎川シゲさんはどういう関係だったの？」

「どういう関係って、親子ですけど」

「そう……。今日東京で会った人が、偶然だけど鮎川シゲさんの古い友人だった。この家のことを話題にしたら、その人がこのあたりで生まれ育ったと言い出してね。当時は学区がとても広くて、鮎川シゲさんとは小学校が一緒だったそうだよ」

（待って。待って。待って）

私の心臓が変なリズムで動いた。

「だから自然とあなたの話になったんだ。鮎川シゲさんの娘さんが、今うちで働いているんですよって。そうしたら『鮎川シゲさんには子供はいない、結婚すらしていない』って言われたんだけど。それ、本当？」

第三章　平静を装っても跳ねる心臓

突然爆発した地雷に、私は絶句してしまった。

こういう場合に備えて用意しておいた答えがあったはずなのに、度忘れしてしまってなにも言葉が出てこない。

「それは……」

「昨日東京で会った人は、仕事のことでいろいろご相談させていただいている人。鮎川《あゆかわ》シゲさんのことで嘘《うそ》をつく理由がない人なんだ。鮎川紗枝《さえ》さん、あなたは、本当は誰なのかしら。なにか事情があって身元を隠しているの？」

「私は……」

住み込みで働いている人間が実は正体不明だったなんて、誰だってギョッとするよね。

私はどこから話せばいいのかな。

こんな形で桂木《かつらぎ》さんに私の過去を知られたくなかった。

私は、せめて卑屈に見えないことを願って、背筋を伸ばして返事をした。

「桂木さん、私が鮎川シゲさんの娘なのは本当です。ただ、養子なので血縁関係はありません」

「そういうことを聞きたいんじゃない」

「え？」

「僕は前に言ったよね。鮎川さんが困っていたら助けたいって。そうしたい理由も正直に話した。今現在、あなたはなにか困っていることがあるんじゃないの？　家電量販店で、本当は何があったの？　この前かかってきた電話で、悩んでいるんじゃないの？」

「桂木さんに心配してもらうようなことではないので……」

桂木さんが眉を寄せ、聞き分けのない子供を見るような顔で私を見ている。

「鮎川さんは、あの日あたりからずいぶんと暗い表情をするようになった。自分では気づいていないのかな。あなたと少しは打ち解けられたと思っていたけど、まだ僕は信用ならない？」

「違います。桂木さんは信用できる人だと思っています」

「じゃあなぜ」

「それは……恥ずかしいからです。私は桂木さんに、自分のみっともない生い立ちを知られたくありません。恥ずかしいんですよ。すごく恥ずかしい。私にもささやかなプライドがあるんです。私のことを誰も知らないこの町なら、普通の人間みたいな顔をして暮らせるかなって……そんな期待をして引っ越して来たんです。だから聞かれないことはしゃべりませんでした」

「気にしているのが生い立ちなら、あなたには責任がないことでしょう？」

「桂木さんが会ったという人は、私のことを怪しんでいたんじゃないですか？　桂木さんだって、本当の私を知ったら、さすがに……」

するると桂木さんが立ち上がり、私の横に立った。

「五十の大人を甘く見て貰っちゃ困るな。その荒れた手を見れば、あなたがとても真面目な働き者だってことぐらい、初日にわかったよ。それだけじゃない。あなたは人を羨《うらや》んだり妬《ねた》んだりしない強い心の持ち主で、何かから自分を守ろうと必死だ。その程度のこと、会話の逸《そ》らし方でとっくに気づいていたよ。でもね、紗枝さん。あなたに秘密があっても、人に言いたくない過去があったとしても、あなたの本当の価値はなにも変わらないんだ。そんなあなたが困っているなら、僕はあなたを助けたい。あなたからしたら余計なお節介なのは承知の上でね」

「なんで……。なんでですか」

悔しい。なんでそんなに優しくしてくれるのか。

意地悪されたり距離を置かれたりするのには慣れている。だけど、美幸《みゆき》さんや施設の仲間以外の人に、そんなに優しくされたことも守ってもらったこともないから『人前で泣かない』って掟《おきて》を破ってしまいそうだ。

私は唇を嚙《か》んで、私を甘やかそうとする桂木さんを睨《にら》んだ。ああ、だめだ。涙が勝手に出てくる。

テレビで父の姿を見て以来、本当はずっと落ち着かなかった。父が話題になれば、刑事だけじゃなく、週刊誌や新聞の記者が私を捜すかもしれない。そうなったら桂木さんに迷惑がかかる。桂木さんは気にしなくても、私が申し訳なくていたたまれない。

だけど（大丈夫だ、まだ大丈夫）と自分に言い聞かせてここで暮らしてきた。不安なんか一切感じていないことにしていた。なのに、『困っているなら助けたい』と言われたとたんに、『助けてください』と口から出そうになる。何も考えずに桂木さんにすがりたくなる。でもそんな資格が私にはない。

桂木さんが私に向かって左手を伸ばしたけれど、その手は迷うように途中で止まった。それから私の肩にそっと手を置いて、こう言った。

「なんでも言ってごらん。鮎川さんの生い立ちがどうであっても、僕はがっかりしない自信がある。困っていることがあるのなら、力になる。僕はそれなりに世間を知っているし、君が思っているよりも、ずっといろんな手段を持っている。君を助けるよ。安心して僕を頼りなさい」

それでも全てを話すことはためらわれた。黙っていたら、桂木さんは台所に向かった。お茶を淹れるのかと思って立ち上がりかけたけど、「いいから、座っていなさい」と言う。

桂木さんは片手でカチャカチャと何かをしていたが、やがて優しい匂いが漂ってきた。丸く小さなトレイに載せて運ばれてきたのはココアと豆皿にのせられた大きなマシュマロが一個。トレイを受け取ったときに、ついに涙がこぼれてしまった。

「よかったらどうぞ。マシュマロは砂糖代わりだ」

「いただきます」

私はグスグスと鼻をすすりながら、マグカップの中にマシュマロを落として溶けるのを待った。桂木さんは私の右側に腰を下ろした。

桂木さんがティッシュを取って「はい」と差し出すから、受け取って頰と顎の涙を拭いた。

「こういう時の甘いものは、よく効くよ」

「はい」

「実はね、その鮎川シゲさんの友人と話をしていたとき、その人が『シゲさんから家と土地を貰《もら》っているなんて、その人は怪しい。詐欺じゃないか』って言い出してね」

「普通は……そう思うでしょうね」

「だから、はっきりさせておいたほうがいいと思ったんだ。養子になって、あの家を貰ったの？」

私は小さくうなずいた。

「財産が欲しかったわけじゃないので、相続放棄の書類を渡してあったんです。でも、それはシゲさんに捨てられました。すぐにでも旅立ってしまいそうなシゲさんの気持ちを思ったら、とても断れませんでした。私、シゲさんの家に五年くらい家事代行の仕事で通っていて、養子の話は私からお願いしました。苗字《みょうじ》を変えたかったからです」

手遅れではあるけれど、真実を言うなら今しかない。

果たして桂木さんは、逃亡犯の娘を雇える人だろうか。犯罪者の中でも、よりによって詐欺師だ。その上私は高齢者の養子になって遺産を受け取っている。誰が聞いたって怪しい女だ。

「詰んじゃってますね、私」

「そうなの？」

「だって、苗字を変えたかった理由を説明するには、自分の生い立ちをお話ししなきゃならなくて、生い立ちをお話しすれば、桂木さんに嫌悪感を持たれます。八方塞がりでしょう？」

「それ、僕に嫌悪感を持たれたくないって理解でいいのかな?」

「嫌悪感を持たれたくないし、同情もされたくないです」

「そうですか」

どうせ一度はここを出て行こうとしたのだ。真実をしゃべって居づらくなったら、出ていこう。

マシュマロは全部溶けて、白く細かい泡になって浮かんでいる。

「ローマの花火の意味を知っているかって、私、『ろ』のときに言いましたよね」

「言ったね」

「およそ千回に一回、開かないパラシュートがあって、飛行機から飛び降りた人がそのまま地面に激突することを『ローマの花火』って言うらしいです。すごく運が悪いことがあると、父たちが『ローマの花火だな』と言い合っていたのを覚えています」

「それで?」

「桂木さんは四葉《よつば》ハウスの不動産詐欺事件を覚えていますか」

「四葉ハウス……たしか、詐欺師のグループが四葉ハウスを騙《だま》して、他人名義の一等地を売りつけようとした事件だよね? 当時、ニュースや新聞ですごく話題になったから、そのくらいは知ってる」

「その地面師グループの主犯が私の父です」

「……」

びっくりしたでしょう？

私は絶句している桂木さんの顔を、ほろ苦い気持ちで眺めながら、ココアを飲んだ。美しい顔の人って、他の人なら間抜けに見えるような表情でもさまになるのね。

「父はそれまでもちょこちょこ地面師をやっていたらしいんですけど、捕まりませんでした。そして、準備に何年もかけて、四葉ハウスを相手に大きな詐欺を仕掛けたんです。額は数十億。だけど手付金を受け取ったあとで計画がバレて、夫婦で国外に逃亡しました。いまだに捕まっていません。海外に逃げたことは刑事さんが教えてくれました。私に連絡が来ているんじゃないかって、何度も何度も聞かれました。私がどこへ逃げても警察に追いかけられて尋ねられました。刑事事件は海外にいる間は時効の執行が止まりますから。事件はまだ生きているんです」

桂木さんはまだ無言だ。

「警察が私の職場に来ていろいろ聞くものだから、私、どこに就職しても居づらくなっちゃうんです。このご時世だから露骨に辞めろとは言われませんけど、さすがに居づらくて……。それで社長になりました。自分が社長なら、首になる心配がありませんから」

「家電量販店のテレビに映っていたのって、もしかしてご両親？」

「父です。カメラで撮影されていることに気がつかずに、善人の顔で熱心に話をしていました。『ああ、今もまだ詐欺をやってそうだなあ』と思いました。逃亡犯なのに撮影に気づかないなんて、父も年を取って衰えたんでしょうね」

「『ろくでなしのくせに笑顔は善人』って、お父さんのこと？」

「はい。内容を説明する時は一般論でお話しするつもりでした」

桂木さんが『解《げ》せない』という顔で首をかしげた。

「でも、あなたは事件には関係ないでしょう？」

「そうですけど、あの事件、今もすごく興味を持たれているんです。ノンフィクションもフィクションも、何冊も本が出ているし、テレビで取り上げると、今でもそこそこ視聴率が稼げるネタだそうです。週刊誌も同じです。取材に来た人がそう言ってました」

「それで？」

「それで、その両親の唯一の家族が私ですから。興味は私にも向くんです。両親が海外逃亡したあとは、校門の前や養護施設にも来て。就職すれば会社まで追いかけられて取材されました。今なら考えられないことですけど、当時はそうでした。学校でいじめられたのも、それが原因です。だから苗字を変えて名前も通名を名乗って、無記名記事と家事代行の仕事で生きています。私の父は柿田《かきた》守《まもる》。私の名前は養子になる前は柿田彩恵子《さえこ》でした。苗字は彩りに恵まれる子供です」

桂木さんは前を向いたまま考えこんでいたが、眉間にわずかなシワを作って質問してきた。

「君は当時子供だったわけでしょう？　あなたはどうしたの？」

「小学六年で児童養護施設に入りました。それも自分から。学校の帰りに交番に行って、『親が帰って来ません。助けてください』ってランドセルを背負って訴えたんです。なかなかしっかりしている小学生でしょう？　あはは」

笑って話をそこで終わりにしようと思った。そしてこの家を出て行けばいいやと思った。

桂木さんは左手で額を押さえてうつむいた。横から見る桂木さんの鼻の頭が赤いから、驚いて思わず顔を覗《のぞ》き込んでしまった。

すると桂木さんは私の手からマグカップをそっと取り上げ、片腕で私の頭を自分の肩のあたりに抱え込んだ。

「ええと、桂木さん？」

「そんな悲しい声で笑わなくていい。ああ、ちょっとそのままでいてくれる？　五十のおじさんが泣いてるみっともない姿、見られたくないんだ。少しだけそのままでいてください」

桂木さんのニットは柔らかくてチクチクしない。

（これはカシミヤかしら。肌触り最高ね）なんて場違いなことを考えながら、私はじっと動かないでいる。

おでこを桂木さんの肩のあたりにそっと置かれているだけだから、抜け出そうと思えば抜け出せる。

だけど桂木さんが本当に泣いているから、抜け出さなかった。

桂木さんの体温が、私のおでこを通して伝わって来る。

しばらくじっとしていたら、私の頭を抱えていた腕の力が抜けた。

「ああ、ごめんね。思いっきりセクハラだったね」

「いいえ。私のために泣いてくれる人なんて、施設で一緒だった美幸さんだけかと思っていました。この世にもう一人いたんですね。ちょっと感動しています」

腕を伸ばしてココアのカップを取り、ひと口飲む。甘いココアはぬるくなっていた。

「鮎川さんは強いね。だけど、鮎川さんが強ければ強いほど、子供の時代の鮎川さんが強くならざるを得なかった過去が見えるようで……ああ、年をとると涙もろくなって嫌だなぁ」

「やっぱり同情しちゃいますよね」

「同情、ではないよ。言葉ではなんというのかはわからないけれど。そうだなあ、僕の貧相な語彙から選ぶとしたら、保護欲、だろうか。欲という言葉がついてしまうと自分のための感情だね。難しいな、言葉は」

「助けてくださるという言葉を言ってもらえただけで、私はもう十分です。深山《みやま》さんも桂木さんに助けてもらったことをとても感謝してましたよ」

「深山君？　彼、ここに来たの？」

「いえ、警察の人が来る前にここを出なければと思ったので、あとを任せられる人を探してほしくて私が呼び出しました」

「そう。鮎川さんは出て行くつもりだったんだね」

「でも、こんなにお世話になっているのに、利き腕を骨折して一人暮らしの桂木さんを残して出て行くことはさすがに申し訳なくて。深山さんに相談しました。勝手なことをして申し訳ありません」

「そうか……」

桂木さんは深呼吸してから目尻の涙をスッと拭った。

「鮎川さんには、ここにいて家事を担当してほしいんだけどなあ」

「刑事が来るかもしれません」

「いいよ。僕が同席するよ。こう見えて法律にはそこそこ詳しいんだ。人権侵害をしたらすぐ抗議する」

「マスコミも来るかもしれません」

「来させりゃいいさ。あなたはむしろ被害者でしょうに。当時子供だった人を苦しめて、訴えられる覚悟はあるのかって聞いてやるさ」

「私は……被害者、ではないですよ」

「どうして」

「だって、私は……両親が詐欺で手に入れたお金で育っていますから」

「そんな言い方はやめなさい。あなたはどうすることもできない子供だったんだから」

私が黙っている間、桂木さんは考え込んでいる。私はココアをちびちびと飲むことに専念した。

どうしたものか。この優しい人に確実に迷惑をかけるとわかっていながらここにいるのは、それはそれでつらいものがある。

「僕は以前、根も葉もないことを週刊誌やネット記事に書かれたからね。それ以来、自分を守るために弁護士と契約しているんだ。毎月顧問料を払っているんだから、使わないともったいないでしょ？」

「使うって、私のためにですか？」

「もちろん鮎川さんのためにだよ。だって、あなたの今の雇用主は僕でしょ？　僕は自分が雇っている人が不利益を被《こうむ》ってるのに、黙って見ているつもりはないよ」

「いえ、大丈夫ですから。弁護士だなんてそんな、あまりに……」

「気が重い？」

「……はい」

「はぁぁ。鮎川さん。あなたはあなたを傷つける人だけじゃなく、助けようとする人にまで背中の針を立てる」

背中の針？　ハリネズミ？　ヤマアラシ？　いや、どっちでもいいか。そうか、桂木さんには私はそう見えるのね。

「弁護士は大げさだと思うかもしれないけど、そんなことはないから。大丈夫だよ」

「私がここを出て行けば済む話ですので」

「出て行きたいの？」

「ここが嫌だと言っているんじゃないですよ？　ここで働くのは大変にありがたいです。居心地もいいです。でも」

「借りを作りたくないんだね」

「はい。返せそうにありませんから。これ以上誰かに対して後ろめたい思いを抱えるには、私の両腕はもう、荷物でいっぱいなんです」

「そうか……」

桂木さんは、天井を眺めるだけで何もしゃべらなくなった。

私はどうしたらいいのかわからなくて少し困っている。こんな無条件の親切に慣れていない。

かつてお付き合いした人たちは、私の生まれ育ちを知らないから親切にしてくれた。けれど最初の恋人は、親が興信所だか探偵事務所だかを使って私の身元調査をした途端、逃げ出した。傷ついたけれど、それが普通だろうと納得した。

そして納得したけど傷ついた。もう二度と同じ傷がつかないよう、私は結婚の話が出るようになったら別れてきた。一年か二年、長くて三年。そばに居てくれてありがとうと思いながら逃げ続けた。大杉港《おおすぎみなと》には浮気されたけれど、それでも感謝はしている。三年間そばにいてくれてありがとうって。結婚できなくてごめんねって。

ついにマシュマロ入りのココアを飲み終えた。

そっと立ち上がり、流しに運んでマグカップを洗う。

どうしたら桂木さんに対して失礼にならずに、ここを去ることができるのかな。大人なんだから、善意の手をパシッと払いのけるようなことはしたくない。感謝を込めて握手をして出て行きたいよ。

「鮎川さん」

「はい」

桂木さんはソファーにもたれかかって天井を眺めている姿勢から、スッと背筋を伸ばして私を見た。

「なんでしょう」

「うちの社員になりませんか。そうすれば僕が正式にあなたを守ることができる。ライターの仕事もサポートできる。別件の契約で家事をしてもらえれば美味《おい》しいアラビアータを作ってもらえるし、僕は自分が役立たずだと憂鬱にならなくて済む。あなたのことで顧問弁護士を使うことも、全く問題ない」

「桂木さん……」

「メディアストーンは宣伝力の弱い中小企業と消費者を結びつけるアプリの会社です。会社には僕と深山君だけ。深山君は営業力があるけれど、文章を書くのはそれほど得意ではない。書く才能が乏しいのは僕もです。だから鮎川さんが生産者向け、消費者向けの広告に文章を書いてくれたら、僕はとても助かります」

　私は思わず苦笑してしまった。

「そこまでしていただかなくても私、自殺したりしませんよ？　結構お気楽に生きてます」

　桂木さんは、珍しく眉間にシワを寄せて私を見た。なんで？　なんでそこまでしてくれるの？

「救急車で運ばれたときにね」

「はい」

「あなたがいてくれてよかったなあと思ったんだ。火事に遭って大変そうだからと手を差し伸べた鮎川さんが、僕のために泣きそうな顔をして裸足《はだし》で飛び出してきてくれた。救急車を呼んでくれて、病院の外で何時間も待っていてくれて。どれだけありがたくて嬉《うれ》しかったか。もう一度言うけど、あなたがいてくれてよかったと思ったんだよ」

「はあ」

ここは『はあ』じゃないだろ、と自分でも思う。

だけど、全てを持っていそうな桂木さんが、普通の人みたいなことを言うのが不思議で。

「桂木さん、夕食どきに路地を歩くといい匂いがするって言ってましたよね？」

「言ったね」

「失礼なこと言うようですけど、もしかして、少し羨ましかったんですか？」

「うん。ふふふ、当たりです」

「へえ。そうなんですね。意外です」

「僕は欲張りな人間なんだけど、他の人たちがごく自然に手に入れているものは、ことごとく手に入れられなかった」

「たとえばどんなものですか？」

桂木さんは私の問いかけには答えず、話を変えた。

「脚立ごと倒れて腕の骨が折れて、立ち上がれなかったときね、ポケットからスマホを取り出せるだろうかと試したんだ。だけど、ちょっと身動きしただけで激痛でね。無理だった」

「それはそうでしょう。骨が折れたってことは、神経や血管も傷ついたでしょうし」

「あのとき唐突に『火葬場で焼かれるとき、僕が今持っているものは全て無意味だな』って、空を見ながら思った。小学生だってわかるようなことを、骨折して動けなくなってやっと実感したんだ。相変わらず愚かだなあって、自分にがっかりした」

桂木さんは、いつもの穏やかで明るい表情になっている。

「ということで鮎川さん、僕の会社、メディアストーンの社員になりましょう」

「……考えさせてもらってもいいですか」

「そうね、三十秒くらいなら時間をあげよう」

「みじかっ！」

「ははは。ぐだぐだ考えた答えがいい答えとは限らないよ」

さっきまで泣いていた私が、桂木さんの強引さに思わず笑ってしまった。

するとチャイムの音。モニターを見たら深山奏《そう》が、哀《かな》し気な雰囲気で立っている。耳も尻尾も垂れてるぞ、深山奏。

「深山さんですよ。門を開けていいですよね？」

「僕がいいって言う前に来たから開けなくていい」

「もう、なに言ってるんですか。東京から車を飛ばして来たんでしょうから、可哀想《かわいそう》ですよ。開けますからね」

私は返事を待たずに門のロックを解除した。

リビングの大きな窓越しに、深山奏の車が入って来るのが見える。

やがて深山奏は発泡スチロールの箱を抱えてリビングに入ってきた。

「桂木さん、カニを持って謝罪に参りました」

「僕、それほどカニが好きってわけじゃないよ？」

「ええ？　そんなこと言わないでくださいよ。この前カニを持ってきたら『いい仕事したよ』って褒めてくれたじゃないですか」

「そうだったっけ？」

「もう……桂木さん、鮎川さんとはもう、仲直りしましたから。どうかお許しください」

「そうなの？　仲直りしたの？　鮎川さん」

「はい。『俺の桂木さんを甘く見るなよ』って自慢されました」

「なにそれ。あっ、深山君、カニはジップロックに入れてから冷蔵庫に入れてくれる？　そのままだと冷蔵庫が生臭くなっちゃうから」

「はいっ！」

深山奏は、見えない尻尾をふりふりしながらカニをジップロックに入れ始めた。

「それとね、鮎川さんが我が社の社員になったから」

「え？」

「えっ」

私と深山奏が同時に声を出した。

「老い先短い人の希望を優しく受け入れるのも、若者の役目だよ」

「桂木さんが老い先短いって。あと五十年は現役でいけるじゃないですか」

あら、私が社員になる話には反対しないんだ？　ていうか私、まだ返事してないのに。

「深山君、そういうことだから、今から鮎川さんの歓迎会をしよう。好きなワインを選びなさい」

「えっ。どれでもいいんですか？」

「いいよ」

「やった！　じゃあ、あれを開けますよ、レストランでは恐ろしくて頼めないシュヴァル・ブラン」

「なんでもいいよ。好きなのを好きなだけ飲みなさい。僕はもう、働いて稼いだ分はじゃんじゃん使うことにしたんだ」

「シュヴァル・ブランは冗談です。手柄を立てたわけでもないのに、怖くて飲めません。桂木さん、なにかあったんですか？」

桂木さんはそれには答えず、やわやわと笑っている。私も微笑《ほほえ》むだけでなにも言わなかった。

(本当に甘えてもいいのかな。ここにいてもいいのかな)と考えていた。

深山奏はワインのボトルを手に「やだなあ、僕だけ仲間外れですか」と文句を言っている。

(ここは居心地がいいなあ。もうちょっとここにいても許されるかな)と思いながら、私はおつまみを作るべく、冷蔵庫を開けた。

そのあとは遅くまで私の歓迎会と称する飲み会があり、深山奏は私の部屋の隣に泊まった。

私は翌朝、いつも通り五時に起きて台所を片付け、冷凍庫にあったシジミでお味噌汁《みそしる》を作った。

朝の六時半に桂木さんと深山奏が起きてきて、深山奏を起こした。

「今日は新規の顧客と顔合わせがあるだろう？　遅刻しちゃだめだよ」と桂木さんは父親みたいな態度。起こされた深山奏は、シャワーを浴び、まだ濡《ぬ》れた髪でシジミのお味噌汁を飲んでいる。

「深山さん、お酒は残っていませんか？　もし残っているなら駅まで車で送りますよ」

「そうしてもらおうかな。タクシーを頼むつもりだったけど、悪い。頼む」

「お任せください」

深山奏は私の作った朝食を完食し、「行ってきます」と桂木さんに挨拶をしてから助手席に乗った。駅に向かう途中、「ドトールに入ってほしい。鮎川さんに話がある」と言う。

（私が社員に勧誘されたことだな）と思ったので、黙ってドトールの近くのコインパーキングに車を入れた。

「やっぱりここでいいや、人に聞かれたくない話があるんだ」

「なに？」

「鮎川さん、桂木さんが家事代行を入れたがらない理由を聞いた？」

「ううん。なにかあったの？」

「桂木さん、仕事がめちゃくちゃ忙しい時期に代行業者使ってたんだよ。そしたら桂木さんちに通ってた人が桂木さんに惚《ほ》れたんだろうね。桂木さんはそれに気がついて、すぐにその人との契約を切ったわけ」

「うん」

「桂木さんはあの通り配慮の人だから、『しばらくの間、会社の近くのホテルに住むことになった』って理由にしてさ。で、自宅で寝ているとき、夜中に人の気配で目が覚めたら、契約を切ったはずの女性が桂木さんの寝顔を覗《のぞ》き込んでいたんだって」

「うわっ」

想像しただけで冷や汗が出るわ。

「その人、こっそり合鍵作ってたんだよ。恐ろしくないか？　その人がもし包丁とか持ってたら、洒落《しゃれ》にならない話だからね。その人は逮捕されたけど、初犯だったし住居侵入だけだから、執行猶予ついてすぐに世間に戻ったんだよ」

あまりにぞっとする話だ。桂木さんの心労を思うと、おなかが痛くなる。

「美形で金持ちで優しいだろ？　とにかく桂木さんは女の人に執着されるんだよね。女性運が悪いっていうレベルを超えて、気の毒としかいいようがない」

「そんな経験しているのに、よく私のことを雇ってくれたわよね。私が桂木さんなら無理だわ」

「だからだよ。桂木さんがここまで女性を信用するっていうか、距離を詰めてるのはすごくレアなんだって。しかも今度は鮎川さんを社員にするって言うしさ。よっぽど鮎川さんを手放したくないんだなと思った」

「社員の件は断ろうかと思ってる。私が桂木さんの近くにいるせいで、あんなに親切な人に迷惑かけたら嫌だもの」

「はあ？　鮎川さんて……」

「なによ」

「すんごく鈍いのな。気がついてないの？　桂木さんの気持ち」

「桂木さんがなにを考えているかなんて、わからないよ」

「よくそこまで鈍感でいられるよね。桂木さんはね、鮎川さんを気に入ってるんだよ。女性としてね」

「深山さん、深読みしすぎ」

「いいや。俺にはそうとしか見えない。桂木さんは自分の気持ちに、まだ気づいていないんじゃないかな。いつものように、困ってる若い人を助けてるつもりなんだと思う。鮎川さんに対する態度は例外中の例外だから、そのうち自覚するだろうけどね」

　そう言われても、返事のしようがない。

「でもね、桂木さんは自分の気持ちに気づいても、鮎川さんに遠慮があるからなぁ」

「桂木さんの遠慮ってなによ？」

「歳が離れすぎてるでしょ？」

「いやいやいや、ないわ。いくら歳が離れていても、桂木さんが私なんかを女性として見るなんてないよ。私が絶世の美女ならともかく。深山さん、それはない」

　一瞬、頭を抱きかかえられたことを思い出したけれど、あれは違うやつだ。同情とか、憐憫《れんびん》とか。深山奏は『馬鹿かこいつは』と考えているのが丸わかりの表情で私を見ている。

「え。深山さん、本気で言ってる？」

「あそこまで整った顔だと、相手の顔に美しさは求めないんだと思う。『容姿にコンプレックス持ってる金持ちの男ほどお嫁さんが美人』て、よく言うでしょ？　あれの逆だね」

……気のせいかしら。私今、流れるようにディスられてない？

「深山さん」

「なに？」

「桂木さんが私を女性として見てるって意見には同意しがたいけど、傷つけないように気をつける。私は深夜に寝室になんて絶対に行かないから安心して」

深山奏は少し口を開け、眉を寄せて今度は『こいつはなにを言ってんだ？』という顔になった。いちいち表情がうるさい。

「まあ、鮎川さんにその気がないなら俺はこれ以上なにも言わないけどさ」

「やっぱり深山さんの勘違いだと思う」

私がそう言うと、深山奏は一瞬呆《あき》れたような表情をした。

「鮎川さんがそう思うなら聞き流して忘れていいよ。僕は桂木さんには白井《しらい》ジュリアみたいな人と結ばれてほしいんだから。とにかく、僕は桂木さんには幸せになってほしい。それだけ。じゃ！　送ってくれて助かった」

そこまで言うと、深山奏は車を降りて駅へと歩いて行った。

「白井ジュリアって誰」

検索したら日系ハリウッド女優だった。オリエンタルな印象を前面に出したストレートロングの黒髪。楚々《そ そ》としたたたずまい。メイクは自然で、ハリウッドのアジア系女優にありがちな目尻を吊り上げたアイラインもアイシャドウもない。確かに深山奏の言うとおり。桂木さんによく似合う女性って感じ。

それを見てから運転席のサンバイザーをパタンと動かし、鏡を見た。思わず苦笑してしまう。白井ジュリアが真っ白な牡丹《ぼたん》の花なら、私は……キンポウゲ？

「やめとこ。自分を卑下するのは素性だけで十分よ。さて、帰ろうか」

スタートボタンを押そうとして、もう一度サンバイザーの小さな鏡を見る。ごく薄くお化粧をした地味な三十歳の女がこっちを見ている。うん、やっぱりキンポウゲ。しかも少ししおれているような。

家に帰ると、桂木さんは黒縁メガネで書類を読んでいた。

「おかえり。深山君を送ってくれてありがとう」

「運転は大好きですから」

「そんな感じだね」

「はい。ラジオをつけて、のんびり景色のいい道を走って、コンビニのおにぎりと温かいペットボトルのお茶を買って、どこかでゆっくり景色を眺められたら幸せです」

「ずいぶん簡単に幸せになれるんだなあ。鮎川さん、今日、仕事は忙しいの？」

「いえ。締め切りが迫っている仕事はありません」

「海辺の道をドライブしませんか？　僕もその幸せな一日の仲間入りがしたいです」

「かまいませんけど、桂木さんはコンビニのおにぎりなんて食べたことあります？」

「馬鹿にしないでよ。コンビニのおにぎりなんて、東京にいた頃に飽きるほど食べてたよ。よし、じゃあ、今から行きましょう」

「あ……はい」

出かける前にやっておくべき家事を考えるけど、なかった。

この家は洗濯物を外に干さず、洗濯機が乾かす。だからこういうときも『出かける前に干さなきゃ』『早く帰って取り込まなきゃ』がない。この家に間借りするようになってから（洗濯って、意外に行動を制限するものだったんだ）と気づいた。

桂木さんは濃いグレーのセーターの中に白いシャツ。コットン素材のオフホワイトのパンツ。そして手ぶら。かくいう私もハンカチとスマホをジーンズのポケットに突っ込んであるだけ。胸に下げているお守りの中の一万円札が、非常時用。たいていの買い物はスマホ決済だ。

「海岸沿いの県道でいいんですか？」

「うん。西に向かって進んでくれる？　久しぶりに行ってみたい場所がある」

「わかりました」

「ナビには入れてないんだ。ごめんね」

「いえいえ。桂木さんの声がナビ代わりですね。頼りにしています」

助手席に座り、シートベルトを片手でするのに手間取っている桂木さん。手伝うべき？と思ったけど、身体《からだ》を近づけることになる。ためらっているうちに、桂木さんは自力でカチンとベルトを固定できた。

チラッと桂木さんの横顔を見る。まっすぐな鼻梁《びりょう》、薄めの唇。額の生え際に少し白髪。ヒゲはない。そういえば桂木さんの無精ヒゲを見たことがない。ヒゲが薄そう。髪は豊かなのに。

「なあに？　今、僕の顔を見ていたでしょ。僕とドライブじゃ御不満でしたか？」

「そっ、そんなわけないじゃないですか。車は好きな車ですし、ずっと憧れていた『海辺の町をドライブ』ですし！」（それにかっこいい桂木さんと一緒ですし）

最後の部分は心の中だけにして車をスタートさせた。

静かに発進した車で県道に出る。平日の朝なのに、道は空いている。今日も海の青が心を明るく励ましてくれる。

ラジオをつけていいかどうか迷いながら走っていたら、桂木さんが話し始めた。

「今日は僕から『ほ』のかるたを発表します」

「ぜひ聞かせてください」

「『ほっとできる人とできない人』どうだろう」

「いいと思います！」

「うわぁ、口調に全然心がこもってない。ここ最近聞いた中で、一番心がこもってなかった。お笑い芸人さんにそれを言う人がいたよね。詩吟の人」

「ああ、あれは『あると思います！』ですよ」

そう言ってから、自分の『いいと思います』の言い方が芸人さんにそっくりだったことに気づいて笑ってしまった。桂木さんも笑い出す。二人で結構長い間クスクスと笑ってから、桂木さんが話題を変えた。

「そう言えば、鮎川さんは肌が弱いんだね」

「ええ、そうですけど。顔ですか？　見苦しいですか？」

「ううん。手。働き者の手だよね。その手を見たときに、『この人は真面目なんだろうな』と思った。夢中になって家事の仕事に取り組む尊い手だよ」

ええと。ついさっき、深山奏に流れるように顔をディスられたばかりだけど、今は手を褒められてるのよね？　桂木さんは遠回しの嫌みや皮肉を言ったりしない人だものね。

「運転中なので手を隠せませんが、私は肌が弱いくせに手入れを怠っていて。手が荒れまくっているので、とても耳が痛いです」

「どうして。耳が痛くないでしょうに。僕は鮎川さんの働き者の手を『尊く美しい』って褒めてるんだよ？」

「桂木さん……手を隠せないときに褒めるのはやめてください。恥ずかしいです」

「ごめんごめん。気がついたときに言っておかないと、と思ったものだから」

手を隠しようがないときに手を褒めてくる桂木さんが、ちょっとだけ恨めしい。いたたまれなくてラジオをつけた。

ラジオからはエド・シーランの新曲が流れてきた。私はエド・シーランの声が好きなのでつい聞き惚《ほ》れてしまう。

「エド・シーランが好きなの？」

「桂木さんがエド・シーランをご存じとは！」

「また年寄りだと思って馬鹿にして」

「馬鹿にしたわけじゃありませんけど、エド・シーランは意外で……」

「彼の歌って、どれも恋愛にのめり込んでいる男の気持ちを歌ってるでしょ？　手を替え品を替えして歌い続けている。僕は恋に悩んで眠れないとか、何も手につかないとか、若い頃からその手の経験が一度もないんだ」

ここは笑いに変えるべきかと思ったけど、深山奏にあの話を聞いたあとだけにさすがに茶化せない。私は口を閉じたまま車を走らせる。

「周囲の人にはお前は運が悪かったと慰められてきた。だけど、そんな経験が続いたのは、もしかしたら僕の側に人として大切な何かが欠けていたからかもしれない、と数年前から思うようになったな」

「違います。いろんな女性がいますから。桂木さんはとことん女運が悪かったんですよ。そんなことも稀《まれ》にはありますって」

「そう言ってくれてありがとうね」

桂木さんが、やわやわと笑っている。

深山奏は『僕は桂木さんに幸せになってほしいんだよ』と言っていた。

深山よ。忠臣深山よ。にわか桂木ファンの私も、その思いは同じです。

桂木さんの指示通りに県道を進み、到着したのは桂木邸から二十キロほど離れた岬だ。海に向かって突き出した岬の中ほどに、素っ気ない木造の建物があった。

「あそこ、カフェなんだ。知る人ぞ知るって感じのお店だよ。あの岬は通称鯛岬《たいみさき》。崖の下あたりで鯛がよく釣れることからそう呼ばれているそうなんだ」

「鯛崎町《たいさきまち》の鯛岬。縁起が良さそう。よくこんな場所でお店を出そうという気になりましたよね」

「詳しいことは知らないけど、オーナーはあそこに一人で暮らしていると言ってたな」

「そうなんですか」

ここに一人暮らしって。すごいねえ。台風のときに心細くないのかな。暴風雨が直撃だと思うけれど、台風に家が壊される心配はしないのかな。

「それとね、店内では言えないんだけど、コーヒーはやめておいたほうがいい。おそらくあなたの口には合わないから。緑茶かほうじ茶がいいかも」

「わかりました」

店は『カフェ　鯛岬』というわかりやすい名前。

店の前には黒ずんだ木製のテーブルと長椅子が三セット、店内に入ると四人掛けの席が三つ。窓を向いて設置されたカウンター席が四席。

どの席も、海を見ながら寛《くつろ》ぐことを目的とした配置になっている。外の席には六十代らしき夫婦が、海を眺めながら無言でコーヒーを飲んでいる。お客はその二人だけ。

「いらっしゃいませ」

奥から出てきた店主は、六十歳を軽く超えているような年齢のふくよかな女性だった。てっきり愛想の悪い気難しそうな男性だとばかり思っていたけど、女性？　この年齢で岬に一人暮らし？　世の中にはいろんな人がいるなぁと感心してしまう。

「外がいい？　中に入る？」

「中のカウンター席でもいいですか？」

「いいよ」

カウンター席に私が先に座り、桂木さんは？　と見ると、立ったまま壁の貼り紙を眺めてから私の右隣の席に座った。前から思っていたけれど、桂木さんは意外なことにパーソナルスペースが狭い。

「ん？　どうかした？」

「いいえ。素敵なお店だなあと思っているところです」

「何を注文する？　お昼にはまだ早いけど、食事もできるんだよ」

「ええと、では餡《あん》団子とほうじ茶を」

桂木さんが左手を上げ、オーナーが来た。

「餡団子ひとつとほうじ茶を二つ。それと味噌《みそ》クッキーをひとつ」

「はい。少々お待ちください」

目の前が岬の突端で、その先はずっと海。もちろん辺りに家は一軒もない。こんな場所で独り暮らしをして、強盗とか、家の中で転んで骨折とか、そんなことは考えないのだろうか。

「ここは夕陽《ゆうひ》が沈む時間が一番人気なんだ」

「ああ、そうでしょうね。桂木さんはよくいらっしゃるんですか？」

「ときどき、かな。気に入りましたか？」

「はい。私、ここに来るために、自転車を買おうかと真剣に考えています」

「二十キロもあるのに？　僕の車を使えばいいでしょう」

「それは……だめです」

「なんで？」

「私用で出かけるときに桂木さんの車は使えません」

「そう……」

「すみません。でも、そういうけじめは、私の中で大切なんです。そうやっても言われるときはいろいろ言われますけど、言われないように予防線を張って行動するのがもう、私の初期設定なんです」

　お団子と味噌クッキー、ほうじ茶が運ばれてきた。オーナーが気を利かせて、朱塗りの菓子切りを二本添えてくれている。

「せっかくですから、桂木さんもお団子をどうぞ」

「ありがとう。味噌クッキーもどうぞ」

「いただきます」

　私はあんこがたっぷり添えられたお団子を黙々と食べた。お団子がふわふわもっちりで美味《おい》しい。あんこは甘さ控えめで（小豆《あずき》ってこんないい香りだったっけ）と思いながら口に運んだ。

「鮎川さん、お団子、美味しいよ」

「美味しいですね。手作りみたいですね」

「味噌クッキーも手作りだよ。この素っ気ないような素朴すぎる味、たまに食べたくなってここまで来るんだ」

「ではいただきます。あ、ほんとだ。お味噌の主張は強くないのに懐かしい味って感じです」

二人でお団子と味噌クッキーを食べてお茶を飲んだ。

外の席のご夫婦をなんとなく眺めて、私が桂木さんと同年代だったらよかったのにな、と思った。年齢が近ければ、こうして並んでお団子と味噌クッキーを食べていても違和感は持たれないのに。

と、そこまで考えた直後に（ん？　それはなんで？）と自分に驚いた。私、桂木さんと一緒に居ても違和感なく見られたいの？　あれ？　私、いつの間にそんなことを願うようになったの？

「鮎川さん、うちの社員になる話、受けてもらえるのかしら」

「それは……」

正直、頼れる人が美幸さんしかいない私には、ありがたい話だけど、返事ができない。両親が捕まったら？　裁判が開かれたら？　そうなったら私のところに警察やマスコミが来るだろう。裁判にも引っ張り出されるかもしれない。いや、絶対に引っ張り出される気がする。

それ、桂木さんに迷惑をかけるよね？

「桂木さんに迷惑をかけたくないです」

「またそれか。頑固だねえ。いいって言ってるのに」

苦笑する桂木さん。

「私、今まで自分を守ることだけでいっぱいいっぱいで。お付き合いしている人に結婚を申し込まれそうになると『あなたに飽きた』って言って逃げたり、相手に嫌われるようなことを繰り返して別れ話に持ち込んだり。そのくせ一人でいるのは寂しくて、誰かにお付き合いを申し込まれれば交際して」

「なかなかだなあ」

「自分のこと、最低だしクズだと思っています。でも、素性を知られて別の世界の生き物を見るみたいな視線を向けられるくらいなら、罵られて嫌われるほうが楽ですから」

桂木さんはそれには返事をせず、追加で緑茶を二つ注文して、窓の外を眺めている。そして視線を外に向けたまま、口を開いた。

「あなたの名前は伏せて、弁護士に相談したんだけど」

「えっ。なにをです？」

「あなたに対して繰り返される人権侵害を、今後どうやったら防げるか。なにかあったら裁判という手もあるよ。昨今の週刊誌離れで経営が苦しいところは、裁判沙汰を嫌がるだろうし」

違うんですよ、桂木さん。

名誉の回復とか、望んでいません。裁判なんてしたら謝罪されるメリットより注目を集めてしまうリスクの方が大きそうで、嫌です。静かに注目されずに暮らしたいだけです。

「なにもしたくないです。私は桂木さんの顔にこれから泥を塗るような存在に、なりたくないだけなんです」

「僕？　僕なら既に女遊びが好きな成り上がりって評価がついてるけど？　何を書かれても今更だよ。近しい身内がいないっていうのは、こういうときに都合がいい。もう一度聞くけど、鮎川さんは社員になってくれるのかな。それは嫌なのかな？」

「ええと……」

深山奏の『桂木さんは女性としてあなたを気に入っている』という推測は当たっているのかな。それを信じていいのかな。彼の予想が大外れだった場合『私も桂木さんと一緒に暮らすのが楽しいです』と言った瞬間に、恐怖の対象になってしまうんじゃないの？　深山奏、私は桂木さんを傷つけたり疲弊させたりする存在になるのだけは勘弁よ。

「深山さんに桂木さんが家事代行業者を使いたがらない理由を聞きました。女性運が悪かったとも聞きました。私は、そういう人の仲間入りをしたくありません。今が十分楽しくて、これ以上を望んだら、今持っている幸せを手放すことになりそうで、勇気が出ません」

「ふうん」

そこからまた二人とも沈黙した。

お昼時になり、ぽつりぽつりと客が入って来る。皆、「ランチをお願いします」と言って好きな席に座って海を眺めている。

「もう少し考えてからお返事をしてもいいですか」

「もちろん。好きなだけ悩んでいいよ」

「ありがとうございます」

「よし、そろそろ帰ろうか。鮎川さんの仕事の邪魔をしたくない」

「はい。帰りましょう」

帰りは二人とも無言で、ラジオが間を取り持ってくれた。

その日は桂木さんが午後から東京へ出かけ、夕食は出先で食べると連絡が来た。

次の日も桂木さんは朝から仕事で東京へ。私は桂木さんを車で駅まで送り、駅前のコインパーキングに停《と》めて、レンタカーを借りてこの前のカフェに行った。

開店時間が十時なのはこの前確認済み。今日は狙って口開けの客になった。

私は中に入り、前回と同じカウンター席に座った。

「いらっしゃいませ。また来てくださって嬉《うれ》しいわ」

「覚えていてくださったんですね」

「覚えてるわよ。素敵な二人だなって思ったから。注文が決まったら声をかけてくださいね」

「あっ、では味噌クッキーとほうじ茶を」

「はい、かしこまりました」

開店と同時に来たのには理由がある。あのオーナーにどうしても聞いてみたかったのだ。

「お待たせしました。味噌クッキーとほうじ茶です」

「お仕事中申し訳ありませんが、五分だけお話しさせてもらえませんか？」

「いいですよ。他のお客さんが来なければ、五分と言わず何分でも」

「ここに独り暮らしだと聞いたんですけど、台風とか、強盗とか、一人のときに怪我《けが》をしたりとか、心配になりませんか？」

オーナーさんは目尻に優しそうなシワを作って笑った。

「ああ、そのことですか。その質問、開店当時からずっとされています。お客さんは道を歩いているときに車が突っ込んでくることを想定しながら歩きます？」

「いえ」

「でしょう？　それを言い出したら外に出られないでしょう？　それと同じです。来るか来ないかわからない不幸に怯《おび》えて暮らすっていう考えは、私の中にはないんです。強盗は明日来るかもしれないけど、死ぬまで来ないかもしれない。だけど私がやりたかったカフェを開けば間違いなく楽しい。だから一人暮らしでカフェ。それだけです」

「そうですか」

「お客さんはこの前と同じ席に座ったでしょう？　でも、この店は座る場所によって、海の感じが違って見えるんです。よかったら、ほかの席も試してみてくださいね」

「わかりました。今から外の席に移ってもいいですか？」

「どうぞどうぞ」

外に出て、海に一番近い席に座ってみた。

「へええ」

カウンター席からは見えなかった波打ち際が見える。波が繰り返し岩にぶつかって、白く砕けている。次の波も、その次の波も、延々と岩にぶつかって砕けては引いていく。

店の中から見える穏やかな海とは確かに印象が違う。

私も生き方や考え方を少しだけ変えたら、こんなふうに見える景色が変わるのだろうか。

その日、私は桂木さんが帰宅の電話をかけてくるのを待った。

「この家に居させてください」と頼む覚悟を決めたのだ。警察やマスコミが来たら、その時は私が毅然《きぜん》と対応しよう。怖いけど、今度は逃げないで耐えてみようと思いながら待った。

きっと大丈夫。私は打たれ強い。打たれ慣れてる。

桂木さんの言葉に、どれだけ救われる思いがしたことか。きっと、桂木さん自身にはわからないほど私は救われている。

『ひたすら逃げ続ける生き方を変えてみよう』と思った。

本当はとっくに気づいている。

私の中にあるこの感情がこれ以上育たないことを願ってる。

女性に執着され続けて苦しんできた桂木さんが私にいてほしいと望んでくれるなら、私も桂木さんの近くにいたい。

両親に置いて行かれたあの日からずっと、私は自分を守ることに必死だった。

そんな私に桂木さんは『逃亡犯の娘でも、警察やマスコミが来るような人間でも、ここにいていい』と言ってくれたのだ。

私は初めて、世間から逃げ回るのをやめようと思っている。

◇◇◇

鮎川さんは、火事で焼け出されると言う非常事態のときでさえ、僕を頼りたがらなかった。礼儀正しくて愛想もいい女性なのに、彼女から受け取るイメージは『人に懐かない猫』だ。外の暮らしで散々痛い思いをして、怖い思いもして、『人間なんて信じないよ。それ以上近寄るな』と威嚇している猫。

そんな鮎川さんの態度は、女性と距離を詰めたくない自分にとって、逆に快適だった。踏み込まず、踏み込ませず。顔を合わせたときだけ楽しく過ごす居心地がいい距離。

そんな鮎川さんだったから、彼女が困っているなら『善意』で助けるのは当然のことだと思っていた。深山君を助けたのと全く同じ気持ちだったのは、間違いない。

そういう生き方を続けてきた僕の、気楽さと平和を守っていた壁は、骨折した日にあっさり崩れた。

（そうか。腕の骨を一本折っただけで、救急車も呼べないのか）

地面に倒れたまま、空を見ながらそう知ったあのとき。

裸足《はだし》で、泣きそうな顔で駆け寄ってくれる人のいるありがたさ。

病院の出入り口で何時間も待っていてくれる存在の嬉しさ。

家に帰ってドアを開ければ美味《おい》しそうな匂いが流れてくる幸せ。

声をかければ優しく返事をしてくれる人がいる安らぎ。

僕の心の壁を取っ払ったのは鮎川さんだ。

けれど当の鮎川さんは自分の壁の中から出てこない。家電量販店で絶対になにかあったはずなのに、えくぼの出ない作り笑顔を僕に向け続ける。その作り笑顔の皮膚の下に、強い怯えと不安が透けて見えるのに。

(なんでそこまで頑《かたく》ななかなあ。もっと頼ってくれればいいのに)

踏み込まず踏み込ませないで生きてきた僕に、そんなことを言う権利も資格もないとわかってはいたが。

(この人はきっと、心になにか傷を負っているのだろう、人間不信だから僕にも心を開かず用心しているのだろう)と思っていた。

『僕はあなたを傷つけない人間だよ』とわかってほしかった。見当外れもいいところの考えだった。

彼女が父親のことでどんな経験をしてきたか。彼女が話してくれたのは、藁《わら》山の中の藁二、三本分くらいだろう。それを聞いた夜は、なかなか眠れなかった。

「しっかりしている小学生でしょう?」と笑う鮎川さんにとって、生きることは痛くて苦しいことと同じ意味だったのだろう。

（そうじゃない。生きることは痛くて苦しいことと同じじゃない。痛くて苦しいことがあったとしても、幸せを諦めて笑う必要なんかない）

そう言いたかったけれど、あまりに彼女が痛々しくて、気の毒で、気の利いたことは何も言えなかった。

誰にも踏み込まず踏み込ませなかった僕が、『困っているなら僕が助けてあげよう』なんて言っていた。

彼女がどれほど必死に生きてきたかも知らずに『頼ってほしい』と言った僕を、彼女はどう思っていただろう。浅はかな自分が恥ずかしい。彼女は激しい流れの中で、ずっと溺れないようにもがいてきたのに、僕は川岸に立ったまま、彼女に声をかけていたようなものだ。

いまだに彼女を囲んでいる壁は消えていない。そう簡単に壁が取り払われるはずもない。それでも僕は、『生きることは素敵なことだ』と、彼女に知ってほしい。そう知ってもらうためなら、彼女がもがいている川の中まで入っていこうと思っている。

いつの間にかそう考えていた。こんなことを思うのは、初めてかもしれない。

彼女をドライブに誘ったのは、そんな気持ちに突き動かされたからだ。

ラジオからエド・シーランの歌が流れてきたとき、「僕は恋に悩んで眠れないとか、何も手につかないとか、若い頃からその手の経験が一度もない」と言ったけれど、あの言葉には、のみ込んでしまった続きがある。

「でも最近はあなたのことを考えて眠れないことがある」

それを言っていいのか、と大人の分別が僕にブレーキをかけた。

僕は人の心に疎かった。そのせいで、あの女性社員の人生を滅茶苦茶《めちゃくちゃ》にしている。

それだけではない。実は僕の生い立ちにも秘密がある。周囲には必要がない限り伝えていないけれど、僕の父親はヤクザの幹部だった。父は亡くなっているが、影響がないとはとても言えない。母親違いの弟は、今やヤクザの幹部だ。

深く関わる相手であればいずれ伝えなければならないし、注意していても巻き込んでしまうことがあるかもしれない。

『お前は彼女にふさわしい男か？』

鮎川さんと距離を詰めたいと思うたびに、もう一人の自分が『やめておけ。これ以上彼女に荷物を背負わせるな。彼女を大切に思うなら、なおさら彼女とは距離を置け』と僕にささやく。

◇　◇　◇

その夜、桂木さんの帰りが遅かった。遅くなることは、ちゃんとメッセージが送られてきている。

『先に寝ていてください。迎えは不要です』

そう言われても、私は桂木さんの帰りを待っている。門が開く音がしたときは十二時を過ぎていた。玄関がパタンと閉まる音がしたので階段を下りたら、桂木さんはかなり酔っていた。

「お帰りなさい。お茶か紅茶を淹《い》れましょうか？」

「ああ、起きてたの？　コーヒーを頼んでもいいかしら。夜中なのに悪いね」

「いえ。私も一緒にコーヒーをいただいていいですか」

「いいに決まってるでしょ。今度そんな当たり前のことを聞いたら、なにか罰を与えようかな」

「罰ですか？　桂木さんの言う罰ってなんですか」

「遠慮の塊の鮎川さんをこれでもかっていうぐらい甘やかすよ」

「今夜はずいぶん酔ってますね」

「うん。酔いを殺しながら飲んでたからね。今日は若い顧客にテキーラばかりをしつこく飲まされたなあ」

「コーヒーならなんでもいい」と桂木さんが言うので、見たことのなかった未開封の袋を選び、淹れてみた。香りがいい。二人で向かい合ってコーヒーを飲む。酸味が少なくて私の好みの味だった。

「美味しいです」

「酸っぱくないのを買っておいた。気が利く僕を褒めてもいいよ」

「酔ってるときの桂木さんは可愛《かわい》いですね」

「可愛かないよ。あー、嫌々飲む付き合い酒は後から酔いが回る。それもさ、家に着いて安心したとたんに酔いが回るんだよね」

「酔っていらっしゃるならお話は明日のほうがよさそうですね」

「話があるの？　なあに？　今聞きたい」

「私をメディアストーンの社員にしてください」

桂木さんは何も言わず、コーヒーカップを見ている。

「あれ？　返事が遅くて締め切られちゃいましたか？」

「ううん。感動してる」

感動とは？　と思いながら桂木さんを見ていたら、とびきり優しい顔で桂木さんが話し始めた。

「昔、実家の庭に迷い込んできた子猫がいたんだ。ガリガリに痩せててさ、人間を信用しない子猫。シャーシャー言って触らせやしないんだよ。食べ物を皿に入れて置いても、僕が見ていると絶対に食べないんだ。だけど少しずつ距離が近くなってさ、ある日突然、近寄ってきて僕の手に頭をこすりつけたんだ。あのときの感動はねえ、今でも鮮明に覚えてる」

ええと、もしや桂木さんの中で、私はその痩せた野良猫なんですかね。まあ、当たらずとも遠からず、だけども。

「だって鮎川さんたら『借りは作りたくない』とか、『迷惑かけたくない』とか、『使用人ですから』とかさ。そんなことばかり言うじゃない。助けたいって言っても、『私の両手はもう塞がってる』とかさあ」

「言いましたけど。桂木さん、ワインを二本空けたときよりも酔ってらっしゃいますね。どれだけ召し上がったんですか」

桂木さんは髪をガシガシと指で崩して、頭をブルブルッと振った。前髪が落ち、ふわっとした髪型になった桂木さんは、一気に若く見える。

「鮎川さん、あなたは困ってる誰かを助けるときに、見返りを要求する？　しないでしょ？　『お返しできないから助けはいらない』って拒絶するのは寂しい考えだよ。もう少し……人をとは言わないから、僕を信用してほしいんだよ。鮎川さんが肩肘張って頑張ってるから、助けたくなる。あまりに僕を頼らないから、自分が無力に思える。あなたが甘えたって、僕は迷惑だなんて思わないのに」

「……はい」

「本当に社員になるんだね？　明日の朝になって『やっぱりやめた』って言っても取り消しは受け付けないからね」

「はい。よろしくお願いします、社長」

「やめてよ。桂木さんで」

「はい、桂木さん。お水飲みますか？」

「水は飲まない。気分がいいから、ワインを飲みたい」

「もうだめです」

「え？　だめなの？　なんで？」

「明日にしましょう。もうかなり酔ってらっしゃいますから」

桂木さんは乱れた髪でクスクス笑っている。これは相当に酔ってるな。

「嫌々飲むようなこと、あるんですね。社長さんなのに」

「いくらだってあるさ。でもね。散々要求ばかりしてゴネていた若い相手が、最後に『どうか末永くよろしくお願いします』って契約を結んでくるときは、すごく気分がいい」

「あ。なんか腹黒っぽいですね」

「腹の中なんか真っ黒だよ。汚れてるよ。がっかりした？」

「いいえ。五十歳で腹の中が真っ白で純真な少年の心だったらドン引きです」

「くっくっくっく。鮎川さんはそういうところがいいよねえ、そうだ、いろはかるた、いっぱい言ってよ」

「はいはい。いいですよ。じゃあ、『へ』は……平然と人を踏むけど虫は怖がる。『と』は、ええと、戸惑うほどの親切を知る。って、あれ？　寝ちゃったんですか。桂木さん、桂木さん！　うわ、どうしよう」

桂木さんはテーブルに置いた左手の上に頭を載せ、眠っている。

何回か背中を叩《たた》いたけれど、起きる気配なし。骨折してるのに。椅子から落ちたら大変なのに。桂木さんから相当濃くお酒の匂いがしてくる。

「桂木さん、起きてくださいよ。私じゃ担げないですって」

反応なし。私は本気で困ったが、ここは仕事として動くことにした。このままだと桂木さんがグズグズと椅子から落ちそうで怖い。骨折した腕が下になったら、くっつきかけの部分がまた折れるんじゃないだろうか。

しばらく悩んだけど、「よし」と覚悟を決めて桂木さんの寝室からベッドのマットレスを引きずって運んだ。

分厚くて大きいマットレスを桂木さんの足元まで引きずり、腕を吊《つ》っている布製の腕吊り用サポーターを外す。それから桂木さんの両脇の下に腕を差し込んで、椅子から引っ張り下ろした。

眠っている桂木さんの重さと言ったら！　介護の専門家を心から尊敬する。シゲさんはかなり痩せてしまっていたから私でもなんとかなったんだと、今わかった。

ボフッと音を立ててマットレスに倒れ込んだ桂木さんは、完全に熟睡している。

これ、アルコールで意識を失ってるんじゃないわよね？　眠ってるのよね？　でも急性アルコール中毒だったらどうしよう。


まずはネクタイを外し、靴下を脱がし、ズボンは悩んだ末にベルトだけ外した。羽毛の掛布団を運んで桂木さんにかける。それから美幸さんに電話した。

美幸さんは三交代で働いているから、今が仕事中なら出ない。出てください！　と念じながらコール音を聞いていたら、出てくれた。

「どうした？　なにかあった？」

「こんな時間にごめんね。雇い主がテキーラをたくさん飲まされたとかで、椅子に座ったまま寝ちゃったの。急性アルコール中毒で意識がないのか熟睡しているのかわからなくて、怖い。でも、救急車呼ぶのは大げさな気がして」

そこから美幸さんは次々と私に質問をして、電話の向こうで判断してくれた。

「顔色は？　赤いのか。吐いた？　吐いてないのね。汗をダラダラかいてる？　かいてないと。足はふらついてた？　ちゃんと歩いてたか。それ、多分大丈夫だと思うよ。言葉はしっかり話してたのね？　大丈夫だろうけど、寝ながら吐いたら危ないんだよね」

「どうしよう。私の部屋は二階なのよ。階下で吐かれても気がつかないよ」

「彩恵子ちゃん、諦めて隣で寝てあげなよ。おじさんなんでしょ？　深酔いして寝ちゃったんでしょ？　襲われることはまずない。それ、襲われてどうこうされる可能性より、おじさんが吐いて呼吸できなくなる場合の方がよっぽど怖いよ」

桂木さんを『おじさん』と表す言葉の違和感が半端ない。

「わかった。死なれたら困るから、私もリビングで寝るわ。遅くにごめんね」

「頑張れ。吐いても気管に入らないよう、横向きに寝かせなさいね」

「わかった。ありがとう。遅くにごめんね」

「いいのよ。またいつでも電話してね。おやすみ、彩恵子ちゃん」

「おやすみなさい、美幸さん」

仰向けに寝ている桂木さんを横向きに寝かせ、クッションで背中を支えてから布団をかけた。力仕事を終えて私は汗をかいている。

私はマットレスじゃなくてもいいやと思い、二階から掛布団を運んで敷き、隣の客室から持ってきた羽毛布団をかぶって寝てみた。うん、十分。これで寝られる。

大急ぎでシャワーを済ませ、私は桂木さんから少し離れた床で眠る。私の吸う息吸う息がぜんぶお酒臭い。こりゃ桂木さん、明日は二日酔い確定だ。

時計を見ると、もう深夜の二時。

桂木さんが寝ながら吐いたら絶対に起きなくてはと緊張していたら眠れなかった。

幸い桂木さんは吐くこともなく熟睡していたが、ずっと左側を下にさせていたらつらいだろうと、四時に一度仰向けにして、顔だけは横向きにした。

私が眠気に負けたのは朝の五時くらいだったろうか。

パチッと目が覚めて時計を見たら、五時二十分。

「うう、眠い」

そう声に出してから（桂木さんは？　生きてる？）と隣をみた。

桂木さんは起きていて、身体《からだ》を私の方に向けて私を見ていた。

「おおおおおはようございますっ！　すみません、眠ってました」

「ごめん。思いっきり迷惑をかけたみたいだね」

「いえ。迷惑なことなんてありません。ご無事でよかったです」

「ご無事って、僕が酒の飲み過ぎで死ぬと思ったの？」

「吐いたものが気管に詰まったら怖いと思って。すみません、万が一が怖くて勝手に隣で寝ました。今、コーヒーを淹《い》れます」

「うん。ありがとう。あとね、お味噌汁《みそしる》もお願いしていい？　朝ごはんは食べられそうにない。鮎川さんはちゃんと食べてね。あと鎮痛剤もお願いします。洗面所のキャビネットにある」

「はい。お味噌汁の具はなにかご希望がありますか？」

「んー、豆腐？　軽いものならなんでもいい」

「わかりました」

薬を出し、お湯を沸かしている間に私が使った布団を二階に運んだ。コーヒーを淹れて飲んでもらっている間に出汁《だし》を取る。桂木さんがずっと黙っているから、リビングの壁掛け時計の音がやたらはっきり聞こえる。

絹ごし豆腐を小さな賽《さい》の目《め》に切り、ネギを少々。とろろ昆布も少しだけ。

「どうぞ。熱いので気をつけてください」

「うん。いただきます」

桂木さんは静かにお味噌汁を飲んでいて、相変わらず無言。

マットレスは桂木さんがお味噌汁を飲み終わってから片付けようかな。

「僕、鮎川さんにどんどん借りが積み重なっているよね」

「まさか！」

「いや、もう、誠に面目ない」

頭を下げる桂木さんは無理に笑顔を作っているけど、あきらかに元気がない。頭痛だろうか。

「桂木さんはお仕事で飲まなきゃならなかったんですから。面目ないなんて言わないでください。私こそ出過ぎた真似《まね》をして。不愉快でしたら申し訳ありませんでした」

桂木さんはなにも言わず、時折「はぁぁ」とため息をつきながらお味噌汁をお代わりした。二杯目は「具は入れないで」と注文が入った。

二杯のお味噌汁を飲み終えて、桂木さんは覇気がない感じに自分の部屋へと入って行った。

私はマットレスと格闘しながら桂木さんの部屋の前まで運び、ノックした。かすかな返事が聞こえたような、気のせいのような。

廊下にマットレスを放置するわけにもいかず、もう一度ノックして「失礼します」と声をかけてから部屋へと運び込んだ。桂木さんは振り返りもしない。

なにか怒ってるの？　なんで？

ベッドメイクを完了し、「失礼しました」と言って部屋を出ようとしたら、呼び止められた。

「鮎川さん。昨夜は寝てないんじゃない？」

「私が勝手に心配していただけです。昼寝しますから、大丈夫ですよ」

「鮎川さん、なにか欲しいものはない？　働き者の鮎川さんをほぼ徹夜させたと思うと、身の置き所がないほどいたたまれないんだけど」

「そんな。欲しいものは……ないんです。桂木さんがテキーラを無理して飲んだりしないでも済むといいなと思うくらいです」

「うん。そうか。あなたはそうだよね。ありがとうね」

桂木さんがしょんぼりしながら笑顔を作って「もうあんな飲み方はしないよ」と言って仕事を始めた。


私は目が覚めたときからずっとドキドキしている。

目が覚めたときに見た桂木さんが、まるで大切な人を見つめているような表情で私を見ていた。なんでもないふりをしているけど、『平静を装っても跳ねる心臓』だ。

「いや、ないって」

私は苦笑して頭を振り、掃除をし、ライターの仕事をする前にウォーキングに出ることにした。

歩いている間、深山奏の言葉が頭の中で繰り返し甦《よみがえ》る。

『桂木さんはね、鮎川さんを気に入ってるんだよ。女性としてね』

それが本当だったら……どうしたらいいのか。そもそも、それが忠臣深山の壮大な勘違いという可能性もある。

逃げ出さないと決めたけれど、余計なことを言ったりやったりして、桂木さんに嫌われるのは嫌だ。

「あの表情は忘れよう。消去消去。それが平和」

一時間のウォーキングを終えて桂木邸に戻る。

残り百メートルを切ったところで気がついた。桂木邸の門の前に車が停《と》まっていて、ドアホン越しに桂木さんと会話している刑事の水川《みずかわ》さんがいた。

第四章　遠い日の落とし物を三十で拾う

「水川《みずかわ》さん。私にご用でしょうか」

「ああ、彩恵子《さえこ》さん。ちょうどよかった。あなたがここにいるらしいと聞いてね。会わせてくれと頼んでいたところだよ。この家の人が私の身元を警察に確かめるまでは門を開けないって言い張ってるんだ」

「そうですか」

車の中を見たら、若い男性が助手席に座っていて、私と水川さんを見ている。そうだよね。警察の人って、二人で行動するものね。

私はドアホン越しに桂木《かつらぎ》さんとやり取りして、水川刑事と共に家に入った。

出迎えた桂木さんは私に普段の笑顔を、水川さんには完璧なよそ行きの笑顔を向けた。

(こんなに器用に笑顔を使い分けられる人だったんだ)と、本気で感心した。

水川さんをリビングに案内して、私がお茶を淹れた。

「刑事さんは鮎川《あゆかわ》さんにどのようなご用件でいらっしゃったんです？」

「捜査上のことです」

「雇用主として、私も同席させていただきます」

「そうですか。彩恵子さんがいいなら私はかまいませんよ」

「私は桂木さんに同席していただいても問題ありません」

「そうですか。では、早速ですが、彩恵子さん、あなたのお父さんがフィリピンで逮捕されました。まもなく日本に送還されます」

「……そうですか。私はもう両親とは縁を切った人間ですので、関係ありませんが」

「そうですか？　関係あるでしょう？」

桂木さんが穏やかな口調で割って入った。

「刑事さん、鮎川さんは、事件当時小学生だったんですよ？　今までも彼女に散々質問してきたんでしょう？　もう十分じゃないですか」

桂木さんの表情は穏やかなままなのに、全身から氷みたいに冷たい雰囲気が伝わってきて驚く。いつも笑顔の桂木さんとは別人みたい。

水川刑事は桂木さんを見た後で、含みのある表情をして私を見る。

「申し訳ないが、ここから先は捜査に関することなので、彩恵子さんと二人で話したいのですが」

「父のことは全部桂木さんにお話ししてあります。ここでどうぞ。私はかまいません」

「そうですか。では。彩恵子さん、日本の警察の科学的捜査技術は日進月歩でしてね。四《よっ》葉《ば》事件当時は解明できなかったことが、今は可能なんです。紙についたわずかな皮膚片や汗からでも、いろんなことがわかるんですよ。この意味、おわかりですか？」

『ポチャン』と音を立てて、私の心の池に、墨汁を一滴垂らされた気がした。

黒い不安が瞬時に水面に広がり、そこから水面下へと黒いモヤモヤが広がっていく。

まさか、あれがバレたのだろうか。

「桂木さん、私、やっぱり水川さんと二人で話をしたいです。私、水川さんと外に行ってもいいですか？」

「鮎川さんが決めることだよ。鮎川さんがそうしたいなら、僕が部屋に引きあげる。ここで話せばいいよ」

「申し訳ありません」

「謝らなくていいです」

桂木さんはいつもの笑顔で自室に向かった。

「あの手紙を出したのは、彩恵子さんでしょ？」

「……」

「検査で、答えはもう出ているんですよ」

「そうですか」

「あなたが知っていることを、全て話してもらいますし、裁判で証言してもらうことになります。その前に、一度ゆっくりその時のことを聞かせてください。これから東京にご同行願います」

これからすぐに？　事情聴取はどれだけかかるのだろう。一日？　数日？　まさか一週間とか？

「明日じゃだめですか。ご覧になったように、桂木さんは利き手を骨折中です。だから私はこちらに雇われているんです。私の代わりを探しますから、代わりの人が見つかるまで、一日だけ待ってもらえませんか？　桂木さんは独り暮らしなんです。私なら逃げません。水川さん、私、絶対に逃げませんから、明日の朝でもいいですか」

「いいですよ」

きっとだめだと言われると思っていたから、びっくりした。

「この町には二人で来ていますからね。逃げようとしても無駄ですよ」

「逃げません。両親のことで逃げ回るのはやめたんです。知っていることはお話しします。ですから、どうか、桂木さんには迷惑をかけないで済むよう、私の代わりを見つけるまでの時間をください。お願いします」

私の人生の一大事ではあるけれど、骨折している桂木さんを放置していくようなことはしたくない。それをやったらもう、桂木さんの前に出られなくなる。桂木さんに契約を切られるとしても、そんなお別れの仕方は嫌だ。

「わかりました。彩恵子さん、私はあなたのお父さんが逃亡している間に結婚してね、娘がいるんです。今十五歳の生意気盛りだ」

「そうですか」

「あなたが十八で就職したとき、私は何度も会社に行きましたね。娘を見ていて思い出すんです。私も仕事だったとはいえ、あなたが職を転々としてたのは、私らが原因だったはずだ。悪かったね」

今さら申し訳なさそうにされても、私の十代はやり直せないのに。

「今夜、桂木さんにきちんと私の事情をお話しして、代わりの人を見つけたら明日の朝、必ず水川さんと一緒に東京に行きますから」

「わかりました。申し訳ないけど、この近くで待機させてもらいますよ」

「はい。わかりました」

水川刑事が帰ると、すぐに桂木さんが部屋から出てきた。

「鮎川さん、話は無事に終わったの？」

「はい。ご迷惑をおかけしました」

「迷惑なんかなにもない。大丈夫だった？　なにか嫌な思いをしなかった？」

「大丈夫です。桂木さん、私の代わりの人を探します」

「いや、それはいい」

「どうしてですか？　利き手を骨折していて一人暮らしなのに。またスマホも取り出せないような怪我《けが》をしたらどうするんですか？」

「このギプス、明日には取れるから」

「えっ？　もうですか？　予定より早かったですね」

「そうだったんですね」

「だから鮎川さんの代わりの人は探す必要がなくなりました」

それなら私はもうここにいる理由はなくなったわけだ。そうか……。

「桂木さん、今日のお夕飯、なにかリクエストありますか？」

「外に行こうか。さんが焼きを食べに行こう」

「さんが焼きって、貝殻にお魚の身を叩《たた》いて載せて焼くっていう？　あれですか？」

「それ。美味《おい》しいよ。食べたことある？」

「いえ、一度もありません」

「そうか。鮎川さんが嫌じゃなかったら日本酒を飲みながら食べたいなあ。タクシーで行こう。鮎川さんも飲もうよ、日本酒」

「いえ、私は……」

「昨夜は僕のために徹夜したでしょ？　遠慮はなしにしてよ。いや、なしにしなさい」

「ふふ。はい、ではお供させてください」

「割り勘とか言わないでよ」

「わかりました」

私、ちゃんと屈託のない笑顔を作れていただろうか。

昼に二時間ほど眠って、原稿を書いて、夜は外食になった。

タクシーで訪れたお店はこの前とは別の磯《いそ》料理屋さん。二人でテーブル席に座り、さんが焼きを二種類とお刺身の盛り合わせ、桂木さんは鯵《あじ》の塩焼き、私はイカの天ぷらを頼んだ。

「ご馳走《ちそう》ですね」

「たくさん食べなさい」

「はい。いただきます」

さんが焼きはお味噌《みそ》と青じそが混ぜてあって、さっぱりと美味しい。焦げ目の部分が香ばしくて、そこだけで白米が山盛り食べられそうな美味しさだ。

イカの天ぷらと鯵の塩焼きを半分ずつ交換して、日本酒を飲みながらゆっくり食べた。

「この町で外食すると、全部が大当たりの大満足です。いいところですよねえ、鯛崎町《たいさきまち》って」

お茶のお代わりを持ってきたお店の女将《おかみ》さんが、

「奥さんを連れて来てくださったのは、初めてですね。どうぞ奥さんもご贔屓《ひいき》にお願いしますね」

と言って厨房《ちゅうぼう》に戻って行く。

私は慌てて「違います、この方は雇用主です」と言おうとしたのだけれど、桂木さんが笑って首を小さく振るので言い出せなかった。

「桂木さん、どうして訂正しちゃだめなんですか！」

「いいじゃない。勘違いさせておけば。僕は楽しいよ」

「だけど、ご迷……」

「はいストップ。気にし過ぎ。女将さんだって、僕たちが帰ったらもう忘れています」

桂木さんは結婚したことがあるのだろうか。

なんとなく事情があって独身を続けていたのだろうと思い込んでいたけれど、一度見たら忘れられないような美しいお顔でお金持ちで優しい桂木さんが、一度も結婚しないなんてこと、あるだろうか。

「立ち入ったことをうかがいますが、桂木さんは、ずっと独身だったんですか？」

「いや。離婚歴があります」

「あっ。ごめんなさい」

「謝らなくていいんですよ。遠い昔のことですから」

そうよね。結婚歴があって当たり前よね。こんなにかっこいいんだものね。

「結婚はしたけど、結構な地獄だったよ。当時は相手に問題があると思っていたけど、本当は僕に問題があったのかもしれない。数年前からそう思ってるんだ」

地獄ってどういうことだろう。奥さんに執着されたってこと？

「鮎川さん、自覚あるのかな。ないのかな。考えていることが、まんま顔に出るよね」

「そんなことは……」

「あるよ。今、『結婚していたのか』とか『奥さんに執着されたのか？』って思ったでしょ」

「うっ」

「そんなに顔に出していると、麻雀《マージャン》もポーカーも花札も負けちゃうよ」

「どれもやらないから大丈夫です」

「そう。十四代《じゅうよんだい》は美味しいねえ」

「美味しいですね。私、日本酒は飲めるのと飲めないのとがあるんですけど、これは飲みやすいし香りがいいですね。美味しいです」

「うん、きっと気に入ると思った。鮎川さん、香りのいいものが好きだものね。それと、僕と食の好みが似ている気がする」

そこから桂木さんはグイグイ飲んでいる。

一合徳利《とっくり》が四本並んで（これはまた意識を失うように眠るパターンでは？）と思い始めた頃、桂木さんが本日のメインイベントを始めた。

「あの刑事、君に何を言ったの？　刑事が帰ったあと、鮎川さんの顔が真っ白だった。僕には言えないこと？」

「……ええ、はい。すみません」

「そうか」

そこでまたグイグイ飲み、桂木さんは十四代のお代わりを頼んだ。

「すみません、あと一本、同じのを」

「お代わりもぬる燗《かん》でよろしいですか」

「うん。ぬる燗で」

私は少し慌てた。

「桂木さん、もうそろそろ日本酒は終わりにしませんか」

「いやだ」

「いやだって。ああ、もう、口調が酔っていますって。私のことなら大丈夫ですから」

「それもそうだけど、ギプスが外れるお祝いだから飲むよ」

「似ていますね」

「そうでしたね。おめでとうございます」

「鮎川さん、僕のギプスが外れたあともこの家にいてくれるんでしょう？　僕はいてほしいと思っていますよ」

水川刑事が来るまではそのつもりだった。だけど今は即答できず、微笑《ほほえ》むだけにした。

私はまだ桂木さんに隠している秘密がある。水川刑事が「全部話してもらう」と言いに来たその秘密を知ってもなお、桂木さんは「これからもこの家にいてくれ」と言ってくれるだろうか。

私が即答しなかったら桂木さんが残念そうな顔をした気がするけど、ほんの一瞬だったから見間違えかもしれない。

お店の女将さんがぬる燗の徳利を運んできた。

「さ、ギプスとのお別れを祝って乾杯しよう」

「桂木さん、私の乾杯はお猪口《ちょこ》じゃなくてコップでいただきます」

「それじゃ僕の分がひと口しかなくなる」

「だからです。またリビングまでマットレスを運ぶのは大変ですし、美味しいお酒を残すのはもったいないですから。じゃ、乾杯！」

ぬる燗の十四代をコップに注いでごくごく飲んだ。日本酒をこんなに飲んだのは初めてだったけど、とても美味しい。

事情聴取が終わったら、残っている秘密を桂木さんに話そう。それでもあの家にいていいよと言ってくれたら、この町で、あの家で、間借り暮らしを続けよう。私の秘密を聞いて、幻滅されたらそこまでだ。

だからこれは、桂木さんとの最後の食事、最後の晩酌になるかもしれない。

「桂木さん、ぬる燗て、初めて飲んだのですけど、美味しいですねぇ」

「うん、まあ、ぬる燗が美味しいというより、そのお酒自体が美味しいんだけどね。え？ 残りも飲んじゃうの？ 大丈夫なの？ まあ、大丈夫か。鮎川さん、わりとお酒強いものね」

たぶん私は桂木さんが言うところの『酔いを殺して飲む』というのを無意識にやったのだ。店にいる間は酔わなかったし、タクシーに乗っている間も、少しへらへらするぐらいで済んでいた。

なのに、門の前にタクシーが停《と》まり、芝生の中の小道を歩いているうちに、急激に酔いが回ってきた。ぐわんぐわんと周囲が回り始めた。

家に入り、よろめきながら台所で水をぐびぐび飲んだところまでは、はっきり覚えている。少し気持ち悪いな、と思ったのも覚えている。

「鮎川さん？ 鮎川さん！ 僕、二階まであなたを抱っこで運ぶなんてできないよ。骨折が治りたてなんだからね。ねえ、鮎川さん！」

桂木さんがほとほと困った様子で語りかけてくるのが楽しくて、ずっと笑っていた記憶はある。

明け方に喉が渇いて目が覚めた。

私はソファーで布団をかけられていて、桂木さんはパジャマに着替えて床で寝ていた。

昨日の私みたいに掛布団を敷いて寝ている。

（今度は私か！　私、寝言とか、いびきとか、大丈夫だった？　うっわあ、最悪っ！）

思わず頭を抱えて呻《うめ》いてしまう。なんたる失態。

桂木さんがパチリと目を開けて、頭を抱えている私を見て笑った。

「よし、これでおあいこだ」

「ううう。申し訳ございません」

「コーヒーを飲みますか。あの刑事さんたちにも持って行って飲ませたらいいよ」

「えっ」

「昨夜、店までタクシーを尾行してたし、今朝も門の前で待ってるよ」

「ご存じだったんですか」

「うん。昔、週刊誌に追いかけ回されたことがあるからね。尾行する車には結構目ざといんだ。さあ、起きよう。東京まで来いって、言われているんじゃないの？　あなた、それに同意したから、あんなに白い顔だったんでしょ？」

桂木さんは全部お見通しだった。

水川刑事は、「そういうものは頂かない決まりですから」と言ってコーヒーを断った。なので私は早々と身支度をして警察の車に乗ることになった。

「行ってらっしゃい。言いたくないことは言わなくていいんだよ。あなたはただの参考人だし、任意の事情聴取なんだろうから」

「はい。わかりました。行ってきます。私、必ず戻ってきます。このままいなくなったりしません。事情聴取が何日かかるのかわかりませんけど、私、まだ桂木さんにお話ししていないことがあるんです。聞いてほしいことなんです。だから私が戻るまで待っていてもらえますか?」

「大丈夫。待っています。あなたの聴取が終わるのを待っているからね」

こうして私は四葉ハウス事件を追い続けている水川刑事に警察署に連れて行かれ、とある『手紙』について繰り返し質問された。知っていること、覚えていることを何度も何度も説明し、(疲れた……)と天井を見上げた頃に解放された。

「あなたの雇い主が弁護士を連れて来ています。今日は長い時間、ご協力をありがとうございました」

「私はもうこれで終わりなんでしょうか」

「はい。なにかあればまたご協力をお願いします」

事情を聴かれていた部屋を出て、廊下の壁の時計を見たら、もう午後の六時。いったい何時間あの部屋にいたんだろう。外はもう真っ暗だ。

正面入り口に向かって進むと、長椅子に桂木さんが座っていた。

桂木さんはギプスが取れていて、スーツの上着に袖を通している。今までは肩に上着を羽織っていて、ちょっとやんちゃな雰囲気があったけれど、今はきちんと三《み》つ揃《ぞろ》いを着ている。桂木さんは、間違いなく仕事が出来そうなダンディで素敵な人だ。

「お疲れ様。全部終わったの？」

「一応は。また事情を聞かれるかもしれないそうです。弁護士さんも一緒だと聞きましたが」

「弁護士はもう帰ったよ。おなかは？　空《す》いてる？」

「んー……胃が痛いです」

正直にそう答えると、桂木さんが眉毛を八の字にして「さ、ここを出よう」と私の背中にそっと手を添えて促してくれる。

「食事はできそうにないんだね？」

「はい。疲れてしまって、とりあえず宿を確保して休みたいです。もう、動ける気がしなくて。明日鯛崎町に帰りますから。申し訳ありません」

「ああ、それなら、僕が東京に来たときに泊まるためのマンションがあるから。そこを使えばいいよ。狭いけど、ひと通りの家具は揃っているから。食料はないけど、お店がたくさんある場所なんだ。それともホテルを取った方が気が楽？」

今、心に浮かんでいる言葉を声に出して言ってもいいだろうか。それは大間違いなんだろうか。最近、桂木さんに何かを言おうとすると、いつも迷う。こんなこと、今まで誰にも一度もなかったのに。

「なあに？　言いたいことを言わないと、余計に胃が痛くなるよ？」

「もう少しだけ、桂木さんと一緒にいたいです」

「どうした。具合が悪い？」

「身体《からだ》の具合は胃痛だけですけど、今、一人になりたくないです。お忙しいのはわかっています。三十分でいいので、そばに居て話を聞いてもらえませんか？　あっ、でも、無理にとは言いません」

桂木さんのネクタイに視線を向けながら一気にそう言って、恐る恐る視線を上に動かした。桂木さんは優しい笑顔で笑っていて、いつものように考えが読み取れない。

「いいに決まっているでしょう。よし、ギプスも取れたことだし、僕がお茶でもコーヒーでも淹《い》れます。さあ、行こうか。便利だけはいい部屋だから。ああ、安心して。鮎川さんと二人になっても、送り狼《おおかみ》になったりしないから」

「それは心配していません」

「それはそれで……いや、なんでもないです」

桂木さんの運転するベンツに初めて乗り、着いたマンションは予想を裏切る場所だった。五階建てのマンションは、なんと下町の有名な商店街の中にあった。

一階は鮮魚店。魚や柵取りされた切り身のパックが氷の上に並んでいて、店主が嗄《か》れた声で呼び込みをしている。

エレベーターの壁は傷だらけだし、廊下の塗装はあちこち剝がれている。

「意外です。私、ウォーターフロントとか、タワーマンションとか、夜景が広がる、とかいうお部屋だと思っていました」

「残念でした。ここは僕のお気に入りなんだ。家を建てたから本当は手放すべきなんだけど、愛着があって手放せないままになってる」

あの豪邸に住んでいる桂木さんがこういう庶民の聖地みたいな場所にマンションを持っているとは。でも入ってみたら、五階のその部屋は、あの豪邸と同じようにモデルルームみたいに物が少なかった。

リビングには三人掛けのソファーが一脚、楕円《だえん》形のテーブル。それだけ。テレビもない。

「狭いけど、ホテルのシングルよりは呼吸しやすいと思うよ」

「居心地がよさそうです。あっ、お茶なら私が」

「いいって。座ってなさい。疲れたでしょ。『八時間を超える事情聴取は問題ですよ』と言ったらすぐに聞き入れてくれたよ」

「詳しいんですね」

そう言うと、コーヒーのドリップバッグをカップにセットしてお湯を注いでいる桂木さんが「ふふふ」と向こうを向いたまま笑った。

(なんで笑ったの?)と思いながらも黙っていたら、コーヒーをテーブルまで運んでから、説明してくれた。

「鮎川さんの生い立ちを聞いてから、少しずつ取り調べや事情聴取に関する規則も調べたんだ。あなたのご両親が逮捕されたら、きっとあなたも引っ張り出されるんだろうな、と思ったからね」

「私のため、ですか?」

「うん。そうだよ」

「そこまでしてくださっているのに、私がなんで警察に呼ばれたか、聞かないんですか?」

「聞いていいの?」

「聞いてほしいです。誰かに、いえ、桂木さんに聞いてほしいです」

「聞くよ」

　そう言いつつコーヒーを飲む桂木さんが目顔で「どうぞ」と言うから、私もコーヒーを飲む。美味《おい》しいコーヒーだ。

「父が中心だった地面師グループは、手付金を受け取ってから詐欺がバレて、仲間はみんな捕まったんです。でも、私の両親だけはフィリピンに高跳びしました。ここまではお話ししましたよね」

「うん」

「詐欺がバレた原因は……私です。私が警察に手紙を出しました。『四葉ハウスを詐欺のグループが騙《だま》している』『犯人は柿田守《かきたまもる》』それだけの短い手紙でした」

「うん？　だってあなた、当時は小学生だったでしょう？　小学生が書いたらすぐに調べがつきそうじゃない。なのに、それを今ごろ？」

「私、手先が器用な子供だったんです。それと、両親が詐欺師だと知ってから、区立図書館でたくさん本を読んで詐欺のことや犯罪に関することを調べました」

　桂木さんが「それで？」という顔で私を見ているので、丁寧に説明した。

　小学六年生の私が、ゴミの日に捨てられている新聞紙の束から新聞を抜き取り、文字を切り抜き、糊《のり》で貼って手紙を作ったこと。

　指紋を調べられてもいいように、全部の指に指サックをつけて作業をしたこと。

消印から出した郵便局がわかるらしいから、わざわざ都バスに乗って遠くまで手紙を出しに行ったこと。

だけど最新の科学技術で、微量の皮膚片から私の遺伝子が見つけ出され、手紙の差出人が私とバレたこと。

桂木さんは口を挟まず、最後まで黙って聞いてくれた。

「驚いたな。鮎川さんは頭がいい人だとは思っていたけど、小学生でよくそこまで思いついたね？」

「必死でしたから。父が大きな仕事をしているという話は、母から聞いていましたし。父が仲間を集めて話をしているとき、さりげなく聞き耳を立てていたら、相手が四葉ハウスだと知りました。父も父の仲間も、まさか主犯の娘がそんなことをするとは思わなかったのでしょうね。結構油断して会話していたんです」

ついにしゃべった。

美幸《みゆき》さんにさえ言ってなかったことだけれど、どうしても桂木さんには聞いてほしかった。

「母は結婚詐欺で刑務所に入っていましたが、初犯じゃないにもかかわらず、一年で家に帰って来ました。父は詐欺師として捕まったことがないと聞いていたので、父も一年か二年、長くても三年ぐらいで帰って来ると思い込んでいたんです。小学生の頭で、そう考えました。まさか私が三十になるまで帰って来ないとは、想像もしませんでした」

「詐欺罪は、長くても十年くらいじゃなかった？」

「はい。でも、父は日本を出てもう十八年です。どうしても捕まりたくなかったんでしょうね。根性ありますよね。根性の使いどころを完全に間違っていますけど」

苦笑する私を見ながら、桂木さんが考え込んでいる。だから私は子供の頃の私がなぜそんなことをしたか、正直に話すことにした。桂木さんには本当のことを全て知っていてほしい。

「そのときの私は、子供ながらに父に大きな罪を犯してほしくなかったんです。でも、今思えばですけど、手紙を出したことは結果的に私の復讐《ふくしゅう》になっていました」

「復讐って、どういうこと？」

「父は私を……詐欺の道具にしたんです。私、父が捕まっていない土地取引の詐欺で、相手を信用させるための芝居をさせられていました。子供だった私は、父や母に言われるまま、父が地主になりすましている土地の、近所の子供の役を演じていました」

「何をしたの？」

「騙す相手を信用させるために、たまたまそこを通りかかったような顔をして『おじさま、こんにちは。この前はバレエの発表会を見に来てくださって、ありがとう』とか『田中《たなか》のおじさま、ピアノの発表会をまた見に来てくださいね』とか言う役です。それを聞いて、相手は父をそこの地主だと思い込んでしまうんですよ」

言ってしまった。これはいずれ水川刑事に話すつもりだけれど、まだ今は話していない。

大人になったある日突然、自分がなにをやらされていたのか理解したときのショック。今でも私を繰り返し傷つける後ろめたい記憶だ。

「それ、何歳で気がついたの？　そのことを今まで誰かに話したことがある？」

「自分の役目に気がついたのは、十九のときです。人に話すのは桂木さんが初めてです。芝居をしたことはずっと忘れていて。ある日、あれはなんだったのかなと思い出して考えているうちに気がつきました。真実に気がついた当時、私は就職したばかりで、警察に話せば職を失うと思いました。それでなくとも両親が逃亡中の犯罪者だったので、年齢的に施設に戻ることもできない私は、職を失うことは住む場所も失うことでした。だから恐ろしくて警察にも言えませんでした」

「そう」

桂木さんはコーヒーカップをテーブルに置き、少し悲しそうな顔をして、私に尋ねた。

「今、あなたを少しだけ抱きしめてもいいかな。あなたの苦しみを、僕が代わりに引き受けられたらいいのにね。役に立てない自分が悔しいよ」

桂木さんの目が少し赤い。

「私みたいな穢《けが》れた人間でよければ、抱きしめてほしいです。私、ずっと苦しかった。いつも不安で、苦しくて、働き続けて忙しくしていないと、通りを歩いているときに突然叫び出してしまいそうでした。私のせいでお金や家や土地を奪われた人が、いったい何人いたのかさえ、私にはわからなくて」

桂木さんが立ち上がり、私の隣に来た。そして少し腰をかがめて、びっくりするぐらい強い力で私を抱きしめてくれた。強く抱きしめた後で、桂木さんが私の背中を優しくトントンと叩《たた》いてくれる。

「今までつらかったね」

抱きしめられて、そう言われて、はっきりわかった。

私は自分の汚い過去を全部さらけ出して、それでも桂木さんが私を受け入れてくれることを願っている。誰かに何かを願うなんて、子供の頃にやめたはずなのに。

桂木さんには嫌われたくないし見捨てられたくもない。

だけど、正直に告白して嫌われるなら一秒でも早い方がいい。そのときはさっさと桂木さんの前から姿を消そう。

桂木さんへの想《おも》いが育ちすぎて、もう気がつかないふりをすることも、なかったことにすることもできそうもない。

私は桂木さんが大好きだ。

三人掛けのソファーに二人で座ったまま、桂木さんが考え込んでいる。

私は過大な期待をしないように、なにを言われても笑顔で「わかりました。お世話になりました」と言う覚悟をした。

「あのね。鮎川さんは自分が被害者だっていう自覚はある？　あなたは小学生だったんだよ。親に言われて、理由もわからずに与えられた指示に従っただけ。それはわかるよね？」

「わかってます。でも……」

「だめ。『でも』はなしだ。それ、レイプ被害に遭った女性が『自分が夜にあんな場所を歩かなければ、こんなことには』って言うのと同じだから。悪いのはレイプしたほうでしょう」

「そうですけど」

「だめ。『けど』もなしだよ」

桂木さんは私の両肩に手を置いて、私を自分のほうに向けると、少し怒っているような顔で話し始めた。

「頭ではわかっていても感情的に、っていうんでしょう？　それは間違いだ。あなたは被害者なの。小学生のときに親が詐欺師と知ったときから、二十年近くも苦しんできた。自分の役目に気づいてからは、もっと苦しんだ。詐欺罪って、最長でも十年以下の懲役だよ。あなたはそれよりもずっと長い年月を苦しんで、名前を変えて、職を転々として……ああ、ちょっとごめん」

桂木さんはそう言って横を向き、手の甲でグイッと目をこすった。

「とにかく。鮎川さんはもう十分なの。十分苦しんだ。もういいんだよ。自分を責めるのも、親がやったことで下を向くのもやめなさい。あなたは笑って生きなさい。笑えなくなりそうなら僕を頼りなさい。僕が力になる」

こんなに心配してくれている人に「あなたを好きになってしまいました」と言えるほど、私は空気が読めないわけじゃない。

「鮎川さん、明日からもまたあの家で家事を担当してくれるかしら。あなたが子供の頃に苦しんで悩んで決断したことをとやかく思うほど、僕は愚かじゃないよ。僕はね、ギプスが外れたら、あなたはさっさと出て行くんだろうなと残念に思っていたんだ。鮎川さんのお味噌汁《みそしる》は美味しいよ」

そこで桂木さんは少し言葉を止めて床に視線を向けていたけれど、「はぁぁぁ」とため息をついた。

「ごめん。今、ものすごく卑怯《ひきょう》な言い方をした。鮎川さんのお味噌汁は間違いなく美味しいし、アラビアータも卵焼きも美味しい。だけど、そんな理由で家に居てほしいなんて言うのは卑怯だった。僕はあなたの心があまりにきれいで、こんなに心のきれいな人にはもう二度と出会えないだろうと思ってる」

「んん？」

「ここでそんな怪訝《けげん》そうに『んん？』って言うかな。もう。鮎川さん、僕は他人に踏み込まないし踏み込ませないようにして生きてきました。でもね、鮎川さんが何に苦しんで何に怯《おび》えているのか、気になって眠れないことがあったし、あなたがまた理不尽な目に遭うんじゃないかと心配で、何も手につかなくなることもあるよ」

桂木さんが？　私のことで？

私が混乱して黙り込んでいたら、桂木さんは笑って、「まあいいです。で、胃の具合はどうですか」と言う。

「あれ？　痛みが消えています」

「夕食を食べられそう？　この近くに美味しいおでん屋さんがあるんだ。胃が動くかどうか、まずは大根で様子を見ない？」

「見ます！　ごぼう巻きとはんぺんでも様子を見ます！」

「日本語が変だから」

なんだかおかしくて笑ってしまう。心が軽くなって、ずっと背負っていた大きな石を下ろしたような気分だ。

心がきれいだからそばに居てほしいって、もしかしたら桂木さんは……と思ったけど、「それってどういう意味ですか」と聞く勇気はなかった。

桂木さんが私に優しいことをたくさん言ってくれるからといって、調子に乗って踏み込んで大失敗をしたくない。そばにいられるだけで十分幸せだ。欲張って全てを失いたくない。

「行きましょう、おでん屋さん。日本酒も飲みますか？」

「僕は飲むよ。鮎川さんは？」

「飲みます」

「ただし……」

「お互いに飲み潰れない程度で！」

「それ。ほどほどが大切だ」

「ですね。桂木さんに罰を与えられたくないですから」

そう言うと桂木さんがギョッとした顔になった。

「なにそれ。僕、あなたに何かした？　していないよね？」

「してませんけど、『今度コーヒーを一緒に飲んでいいですかって聞いたら罰を与える』っておっしゃってました」

た?」

「僕が? 罰って言ったの? 全く記憶がない。僕、本当にそんな恐ろしい言葉を使った?」

「使いました。お酒が言わせたんでしょうから、私は気にしていませんけど」

「ちょっとまって。僕、どんな罰を与えるって言った?」

「早く行きましょう! おでん屋さん」

「いやいやいや。待って。教えてよ」

「待ちませんし教えません。行きましょう! 桂木さんのおごりでいいんですか? 割り勘はお嫌いなんでしょう?」

「ご馳走《ちそう》するけど! 鮎川さん、待って。僕はなにを……」

「さ、早く早く」

桂木さんはいろいろ言っていたけど、教えないつもりだ。『これでもかっていうぐらい甘やかすと言われました』なんて、自分の口からは恥ずかしくてとても言えない。

赤いのれんのおでん屋さんは、コの字形のカウンターだけのお店で、お客さんは半分くらい入っていた。カウンターの中には白い割烹《かっぽう》着の女性と、六十代ぐらいの男性。

桂木さんは大根とイカ天、昆布。私は大根とはんぺん。

飴色《あめいろ》に味がしみている大根は、どうにか形を保っているくらいに柔らかく、口に入れたらいきなり食欲が出た。

大根とはんぺんの他に、ごぼう巻きと蠣《かき》、ロールキャベツ、ミニトマトの牛肉巻きなども食べておなかいっぱいになり、店を出た。私も桂木さんもほろ酔いだ。

マンションの前に着いたとき（あれ？　桂木さんはお酒を飲んで、今日はどうするんだろう）と遅ればせながら気がついた。

「桂木さん、今夜はどうするんですか？」

「ああ、ホテルに泊まるよ。明日は東京で仕事がある」

「おかしいですって。桂木さんのマンションに私が寝て、持ち主の桂木さんがホテルって。いいです。私がホテルに泊まります」

「いい。もうホテルに予約を入れた。これ、マンションの鍵。一個はあなたが持っていなさい。また警察に呼び出されたら、ここを使えばいい。じゃあね」

そう言って背中を向ける桂木さんをそのまま帰したくなくて、「桂木さん！」と呼びかけた。

「なあに？」

「鯛埼町に帰ったら、美味《おい》しい料理をたくさん作ります」

「お願いします」

「それと、桂木さんがくつろげるよう、全力で頑張ります」

「だから私をこの先も家事代行として雇ってください。それと、いつも助けてくれてありがとうございます」

「こちらこそお願いします。鮎川さんがあの家にいてくれるのは、とても嬉《うれ》しいよ。おやすみ」

「おやすみなさい」

何歩か歩いた桂木さんが振り返って、ちょっと怖い顔になって『でも』と『けど』はなしだよ」と言って歩き出した。

私は桂木さんの背中に頭を下げて、「ありがとうございます。このご恩は一生忘れません」と口の中でお礼を言った。

◇◇◇

翌朝、りんかい線、京葉線、外房線と乗り継いで、鯛崎町にたどり着いた。最後はバスに乗って、バス停からてくてくと歩いて桂木邸に戻った。

家の中を確認したけれど、家中がきれいだ。なので今日は床のモップがけに専念してからパソコンに向かう。

メールを確認して返信し、原稿を書く。インタビュー記事が好評だったらしく、またインタビューの依頼があった。

「こうして少しずつ指名の仕事が増えるといいな」

人生の目標がなかった私だけど、書く仕事に就いてからは目標ができた。

フリーライターの記名無しの仕事は人の目に触れないし、私自身は注目されないから助かる。それでも自分の努力を認められるのはとても嬉しい。

一人で過ごす桂木邸は静かすぎるから、ずっとスマホで音楽を流していた。ダウンロードしてある曲を聴きながら窓を磨いた。窓ガラスが汚れていると、せっかくのきれいな庭の景色が損なわれる。

そろそろ昼ご飯の時間だけれど、自分のために凝ったものを作る気にはなれない。冷蔵庫の食材を確認して、消費期限が迫っている材料で親子丼を作った。材料がいいから適当に作っても美味しい。

桂木さんは野菜と魚以外の食材を通販している。一人のときも定期的に送られてくる食材をちゃんと使い切るようにしていたらしい。高級な食材が多いから「食費を払います」と言ったけれど「あなたが消費する食材の金額を計算するのが面倒くさい。そんなことに時間を使っている間に、仕事でもっと稼げる」と言って受け取らない。

どんぶりを洗いながら、(なにかいいお返しができるといいのに)と思う。お金持ちでも喜ぶ贈り物。難しすぎる。私の手作りの物なんて、押しつけがましいから却下。

そんなことを考えているうちに夕方になり、『これから帰ります。十九時二十分に鯛埼駅に着きます』とメールが来た。

駅に向かって車を走らせながら（贈り物を考える前に『でも』と『なぜ』をやめよう。まずはそこから）と思う。

海辺の町で間借り暮らしをする私の、最初のルールだ。

あんなに胃が痛かったのに、桂木さんと会話しただけで痛みが消えた。

今までは胃痛が始まると、最低でも一週間は痛いのが普通だったのに。こんな経験は初めてだ。

もっとも、私の抱えている秘密を、洗いざらい話したことも初めての経験だ。長年背負っていた重荷から解放されて、私の胃が喜んでいるのかもしれない。

あたりに人がいないのを確かめてから、胃のあたりをそっと撫《な》でて「よかったね」と話しかけた。

今は駅前のコインパーキングに車を停《と》めて桂木さんを待っている。深山奏《みやまそう》のように、私の尻尾もゆらゆらと揺れているに違いない。

予告通りの時間に桂木さんが駅の改札から出てきた。

車のドアを開けて一歩足を外に踏み出し、手を振り「桂木さん、ここです！」と声をかけた。

桂木さんは私に気が付くとパッと笑顔になった。その笑顔を見て、胸の奥から（好きだなぁ）という思いが込み上げてくるが、もちろんそれを口に出すつもりはない。

「お待たせ。外はやっぱり寒いね」

「十二月になりましたから」

パーキングの料金を支払い、車を発進させる。桂木さんは後部座席ではなく助手席に座っている。何度も「後部座席のほうが安全なのでは？」と言っているのだが、「助手席がいい」という返事だ。

あっという間に桂木邸に到着した。

「夕食の前に、なにか飲み物を淹《い》れましょうか？」

「緑茶で。ぬる目でお願いします」

六十度の温度で緑茶を淹れてから「さあ夕食の準備を」と台所に立ったら、「ちょっと座って」と言われた。桂木さんの向かい側に座ると、少しかしこまった感じに話が始まった。

「鮎川さん、年末年始の予定は決まっていますか？」

「特にありません。ライターの仕事を進めようと思っています」

「年末年始も働くの？」

「はい。もしかしたら、養護施設の仲間に会うかもしれません。でもその人はカレンダーは関係なしに仕事がある人なので、まだ何も決まっていません。私、ここにいないほうがいいですか？　それなら……」

「違います。僕から年末年始の旅行をプレゼントしたいと思ったんです。鮎川さん、家事の仕事は休みを取ってと言っても取らないから。一人で行ってもいいし、美幸さんを誘ってもいいと思う」

話の途中で（桂木さんと二人で旅行ですか？）と嬉しくて喉元まで出かかったけれど、そういう意味ではないと気づいて言葉に詰まった。

「それか、嫌じゃなかったら、僕と一緒にいきますか？」

「行きます！　桂木さんと旅行に行きたいです！　でも、どこに行くご予定ですか？」

「あなたが行きたい場所ならどこでもいいよ。沖縄でも北海道でも、九州でも」

「そんな。飛行機代が高騰する時期じゃないですか。近場で、いえ、近場がいいです。お、温泉なんて、ぜい……贅沢《ぜいたく》でしょうか。私、源泉かけ流しの温泉に入ったことがなくて。もしできればですけれど」

焦ってしまって言葉に詰まってしまった。恥ずかしい。

温泉旅行なんて贅沢で、かつての恋人たちとは出かけなかった。

割り勘にこだわっていた私に旅行に行く余裕がなかったのと、お付き合いしていた相手が全員年下だったのもあって、値段が跳ね上がる連休に何日も旅行する、という経験がない。

「ああ、じゃあ、僕が好きな温泉でいいかしら。近いよ。塩原《しおばら》温泉」

「塩原というと、栃木県ですね」

「うん。その温泉の近くに別荘地帯があって、会員になってるんだ。その別荘にも温泉は引いてあるんだけど、濃い硫黄泉をかけ流しにしている宿が近くにあるよ。そこに入りに行けばいい。ちょっと待って、別荘が空いているかどうか見てみるね。……うん、大丈夫だ。行く?」

「ぜひ行きたいです」

「よし、じゃあ決まりだ。二十九日に出発して、三日に戻ろうか。車がいい? 新幹線とタクシーがいい?」

「私が運転します」

「ありがとう。でもだめ。それじゃ鮎川さんが休めない。新幹線にしよう。じゃあ、それも予約……と。はい、予約完了」

大金がかかるであろう温泉旅行が、いとも簡単に決まった。桂木さんにとってはたいしたことのない金額だろうけど、総額いくらかかるのか想像するとドキドキする。しかも二人で？　深山奏は？　呼ばないのかしら。え、本当に私と桂木さんの二人で旅行？

私は冷静な顔を保ちつつ、内心はワタワタしながら用意した。

今夜は、地物野菜と近所の魚屋さんで買った海老《えび》、イカ、白身魚を蒸したもの。それとホタテの炊き込みご飯。はばのりのお味噌汁《みそしる》。「とにかく海のものが食べたい」というメッセージを見て決めたメニュー。

「さあ、どうぞ。ゴマダレとポン酢を用意しました。お庭で実っているカボスと粗塩もおすすめです」

「ああいいねえ。一緒に食べよう。いただきます」

「どうぞ召し上がれ」

「あ、はばのりだ。どこで買ったの？」

「魚清《うおせい》さんです。使い方も教えていただきました」

「僕ね、ここに引っ越してきて初めて知ったんだけど、美味しいね、はばのり」

「はい。美味しいです。歯ごたえも香りもいいですよね」

「新鮮な魚介類って、こうして蒸しただけで十分美味しいな」

「鯛崎町の住民になれてよかったなと思います。それと、いつもお世話になっているのでお礼をしたいのですが、桂木さんが欲しがりそうな品で持っていない物を思いつきません。なので、桂木さんは食べたいものをどんどんリクエストしてください。全力でリクエストにお応えします」

「うん。じゃあ、今度小田巻蒸《おだまき》しを作ってくれる？　茶碗蒸《ちゃわんむ》しの中に柔らかいうどんが入っているのを、大きめの汁椀《しるわん》で食べたいんです。あれ、お店のメニューで見たことがないんだけど、たまに無性に食べたくなるんだ」

「わかりました。お任せください」


二人でご機嫌に夕食を食べ終え、食器を片付けて二階に上がった。

この部屋にはテレビがある。ずっと父のことが気になって、ニュースを見ているのだが、逮捕されたという一報が流れた以外は続報がない。

母は行方がわからないのだとか。水川刑事によれば、なんと母は父を残して家を出て、フィリピンでも失踪状態だそう。きっと裕福なフィリピン人と暮らしているのだろうと思う。水川刑事も同意見だった。

「お母さんは今、五十九歳か。相変わらずすごいのねぇ」

未決拘禁者である父に、会おうと思えば会える。だが会いに行く気はない。

父が自分の人生を歩くのに必死だったように、私も自分の人生を歩くのに必死だから。十二年間育ててもらった恩はあるけれど、私の場合はもう、親子の縁を切ったので、会わない。

「ごめんね。お父さん。裁判に引っ張り出されない限り、もう会うことはないと思う」

それは昨夜、美幸さんと話をして自分で決めた。

美幸さんは「絶対に会うな」と言う。「あなたを捨てた親を、あなたも捨てなさい。関わっちゃだめ」と美幸さんは繰り返していた。

「彩恵子ちゃんは優しいからさ、会いに行ってあれこれ頼まれてごらんよ。絶対に断れない。そしてずるずると娘であることを利用される。あっちが死ぬまで利用されるよ。会いに行っちゃだめ」

「……うん」

「彩恵子ちゃん、絶対に会っちゃだめだからね？　それで苦しい思いをしても、会わないほうがいい。十八年間、一度も連絡をしてこなかった親なんて、他人よりもよっぽど始末が悪い存在なんだ」

「……うん」

職を転々としてきた私と違って、美幸さんは高校を卒業してからずっと同じ介護施設で働いていて、今は介護士さんたちのリーダーになっている。

美幸さんは、そこで最期を迎える人たちを見て、学んだことがあるそうだ。

「人ってね、我が子を育てたように老後を迎えるものなのよ。子供を大切に育てた人は、大切にされてるよ。子供を苦しめて育てた人は、面会なんて誰も来ない。連絡もない。本人は自分が子供を苦しめたなんて、私たちには絶対に言わないし、都合の悪い過去は記憶から消していたりするんだけどさ。見ていたらどんな子育てをしたのか、だいたいわかるよ」

「わかるもの？」

「わかるね。一切連絡を取ってこない子供は、危篤だって連絡してもゆっくり来てさ、下手すりゃ亡くなってから来て、親の悪口言ったりする。『育てたように看取《みと》られる』って、私たちはよく言ってる」

『育てたように看取られる』という言葉は妙に私の心に刻み込まれている。

私は、なにがあっても絶対に子供を産むまいと決めている。

不幸な子供は私だけで十分だ。私が子を産めば、その子は祖父母に有名な犯罪者を持つことになる。身内のことで苦しむのは、私で終わりにしたい。

そんな私が結婚なんてできるとは思っていない。結婚を願ったことは一度もない。

好きな人のそばにいられれば、それでいい。贅沢は望まない。

私は、桂木さんのそばにいられたら、それで幸せだ。

第五章　流浪の日々を歩いて家に帰る

年末の東京駅は混んでいたけれど、グリーン席の車両は静かだ。

「新幹線のグリーン席なんて、初めて座ります。なんだか申し訳ないです」

「あなたの働きぶりに比べたら安いものだよ」

桂木《かつらぎ》さんはご機嫌だ。

微笑《ほほえ》んでいることが多い桂木さんだが、今日は微妙に笑顔の質が違う。桂木ウォッチャーの私にはわかる。あと、いつもは上品に整えられている髪が無造作だ。襟足の少し上に寝癖がついているのも愛らしい。

いつもと違うところを見つけては（得した気分！）と思っている私も、かなり浮かれている。

「本当はグランクラスを取りたかったんだけど、予約が埋まってたのが残念です」

「グランクラスなんてあるんですね。見たことも聞いたこともなかったです」

「いつかグランクラスで旅行しませんか」

「私……」

「お礼の話なんだから、割り勘て言うのはやめてね」

長年の習慣で「半分出します」と言おうとした。そしてそれに気づかれて先制パンチをくらってしまった。不覚。

さっき桂木さんは駅構内のお店で駅弁を買っていた。

昨夜、「嫌いな食べ物は？　好きな食べ物は？」と聞いてきたのは、駅弁のためだったのかな。「なんだって美味《おい》しく食べられるのが私の特技です」と言ったら、眩《まぶ》しいものを見たようなお顔になっていたっけ。

桂木さんは座席のテーブルに、カニの形の容器にカニ肉ぎっしりの『かにめし』とアサリの身がたっぷり並べられている『深川《ふかがわ》弁当』の二つを並べて「さあ、どっちがいい？」とニコニコして聞いてくる。

どちらも美味しそうで、「んー、んー、んー」と真剣に悩んでいたら、また楽しそうに笑う。

「両方食べたいの？　半分こする？」

「いいんですか？」

私が心から（やった！）と思いながら桂木さんの顔を見たら、桂木さんが「クッ」と言って顔を背けた。え？

「失礼。あなたがあまりに幸せそうな顔をするものだから」

「あっ……。つい本気でがっついてしまって。お恥ずかしい。駅弁は私の中では懐石料理やフレンチのコースに匹敵するご馳走《ちそう》なんです」

「駅弁ていうだけで美味しいよね」

「はい！」

半分こで両方食べられることにワクワクしている私が「では食べる前に分けてしまいましょう」と、かにめしの蓋に深川弁当を半分移そうとしていたら、そっとその手を押さえられた。

「え？　だめでした？」

「蓋に半分載せたら、食べるときに絶対こぼすよ。いいよ、僕は少しだけつまんでウイスキーを飲むから。あなたは食べたいだけ食べたらいい」

「さすがに二つは食べられませんよ。それに桂木さんに食べかけを渡すなんて」

「家族でもないのに気持ち悪い？」

「違いますって。私は庶民なんで桂木さんの食べかけは平気ですけど、桂木さんこそ不愉快じゃないんですか？」

「別に。僕、潔癖症じゃないし。それより庶民て言うのはやめて。笑っちゃって、またむせる」

そう言いながら桂木さんはレジ袋からポケットウイスキーを取り出し、プラスチックのカップでウイスキーを飲み始めた。

「乗っている時間は一時間ちょっとしかないから。食べて」

「そんなすぐに着いちゃうんですね。新幹線のグリーン席なのに、なんだか残念」

「鮎川《あゆかわ》さんがもっと乗っていたいなら、このまま仙台《せんだい》まで乗ってもいいよ」

「それ、本気でおっしゃってますよね？　だめです。別荘も予約してあるのに。もったいないです」

「もう。すぐもったいないって言う」

「もったいないのはもったいないです」

それは本音中の本音。桂木さんと会話していると、たまに節約魂がさく裂してしまう。

桂木さんは私がケチくさいことを言っても気分を害した風ではなく、楽しそうなお顔。

ゆっくりウイスキーを飲んでいる。

私は二種類も駅弁が目の前にあるから、ついついバクバク食べてしまう。ふっくらと炊いてあるアサリの身は、噛《か》むと磯《いそ》の香りとうまみがあふれ出すし、かにめしは上品な味付けのご飯と甘いカニの身が合う。

桂木さんはアサリをつまんでは飲み、カニめしをちょこっと口に入れてはまた飲む。

「手に入れたかったものが、ひとつ手に入った」

「ん？　なにがですか？」

「笑うから言わない」

桂木さんはこうなると絶対に言わなそうだから、しつこくしても無駄だ。

割合で言うと私五に対して桂木さん一くらいの分量でお弁当を食べ、残ったお弁当をだいじにしまっていると、また桂木さんが楽しそうな顔で私を見ている。

那須《なす》塩原駅まではあっという間だった。

そこからタクシーに乗って別荘へ。ネットで見たことがある貸別荘をイメージしていたけれど、そこはどう見ても個人の別荘だ。

「これって……」

「別荘の持ち主から管理会社が借り上げてレンタルしてるんだよ。食事を注文しておくと、熱々の料理が運ばれる」

「でもこれ、すごく桂木さんぽい建物ですけど」

桂木さんが苦笑している。

「これ、桂木さんの別荘じゃないんですか？　絶対にそうですよね？　私、わかります」

「鮎川さんは鋭いなあ。そうか、この別荘、僕らしいのか」

「貸別荘っておっしゃってましたよね？　なんでそんなこと言ったんです？」

「貸別荘でもある。人が使っていないと、山の建物はあっという間に傷むから。会員の別荘を管理会社が人に貸し出しているんだよ」

建物の中は天井が高く、吹き抜けになっているリビングの天井にはシーリングファン。壁のスイッチを押したらゆっくり回り始めた。

「寒いね。暖炉に火を入れよう」

「暖炉！　うわぁ本物！」

「このあたりの別荘は夏に使う人がほとんどだけど、僕は冬のほうが好きだよ。街も空《す》いてるしね」

手際よく暖炉に火をおこしてくれて、二人で並んで座って眺める。家にいるときは動画サイトでこんな暖炉の画面を流しながら仕事をしているけれど、本物を眺める日が来るとは思わなかった。

「毎日一人で暮らしているのに、さらに一人になりたくてここに来ていることもあった。鮎川さんと暮らすようになって、ここを思い出さなくなっていたな。よし、コーヒーを淹《い》れよう」

桂木さんが小ぶりのボストンバッグを開ける。

五泊六日だから私はコロコロ付きのスーツケース。それに比べて桂木さんは荷物が少ない。なのに、その少ない荷物にコーヒーを詰めていたとは。

身振りで「座っていなさい」と伝えながら、手際よく桂木さんがコーヒーを淹れてくれる。いい香りが広がってきた。

桂木さんは荷物の中に手を入れて、白くて真ん丸なものが入っている袋を取り出した。あれは、スノーボールクッキーではあるまいか。私の大好物だ。コンビニでしか買ったことないけれど、絶対にそうだ。

「ブールドネージュ、好きかなと思って買ってきた」

「大好きです！　なんでご存じなんですか？　私、桂木さんの前で食べたことも話題にしたこともないですよね？」

「ないよ。僕が好きなんだ。当たりだったか。よかった」

そう言って桂木さんが笑う。目尻の笑いジワまで素敵で、こんな素敵な人と暖炉を眺めながらスノーボールクッキーなんて、私、もうすぐお迎えがくるんじゃないでしょうね。

お盆にコーヒーカップ二つとスノーボールクッキーが載った菓子皿一枚を載せて、桂木さんが暖炉の前まで運んでくれる。『最高級執事カフェ』という言葉が一瞬浮かんだけど、桂木さんを執事だなんて罰当たりすぎたか。考えが知られたら市中引き回しの上に打ち首獄門になる気がしたから、急いで無礼な言葉を頭の引き出しに押し込んだ。

コーヒーを飲み、お菓子を指でつまんで口に入れる。スノーボールクッキーを噛む。クッキーはサクッと砕けて溶けていく。口の中がアーモンドの香りで満たされる。すかさずコーヒーを飲む。目の前には暖炉の炎。

「極楽」

「極楽だねえ。でもね、この別荘にはもっと極楽があるよ」

「これ以上の極楽……なんですか」

「露天風呂がついてる。でも、温泉の質で言ったら少し先の温泉旅館のお湯のほうが濃いよ」

「いえ！　私、ここで何度も入りたいです！」

「そう？」

「はい！　だって、旅館に行ったら桂木さんを待たせているのが気になりますけど、ここなら好きなだけ入れるじゃないですか」

「あー……」

そう言って桂木さんは突然部屋を出て行った。離れた場所から音がして、急いで駆け付けたら、桂木さんがお湯を張っているところだった。

太いパイプからジャバジャバとお湯が出ていて、もう硫黄のにおいがする。

「いいよ。座っていてよ」

「さすがに私がやります」

「いいから。せっかく甘やかそうとしているのに」

「……」

もしかして『罰として甘やかす』を思い出したのだろうか。言ったのは私じゃないのに恥ずかしい。もしやこれ、すでに罰開始か。

「なんでそんな恥ずかしそうな顔しているの。一緒に入ろうなんて不埒《ふらち》なことは言わないから安心してよ」

「そうじゃなくて。いえ。何でもないです」

「別荘の温泉は、しばらく出しっぱなしにしないと温度が上がらないんだ。リビングで少し待っててね」

言われた通りにリビングに戻り、またコーヒーとお菓子を交互に口に入れながら気がついた。

食事もお風呂も旅館の方が楽なのに、桂木さんはなぜ別荘にしたのか。

旅館だと、さすがに別々の部屋になるだろう。別の部屋に泊まりながら一緒に旅行する私たちを、旅館の人はどう思うだろうと、私が気にする。絶対に気にする。

桂木さんはきっと、私がそういうことに気を遣う事態を避けたかったんだ。

「なんか、申し訳なかったかも」

「なにが？」

「あっ」

「またなにか遠慮しているんでしょう？　これ、お礼と言いつつ僕が楽しんでるのに。申し訳ないなんて思わないでよ」

「私が人の目を気にするから別荘にしたんですよね？」

桂木さんが目だけ微笑《ほほえ》んだままソファーに座り、コーヒーを飲む。

「鮎川さん、全てをお日様の下に引っ張り出さないほうがいいこともあるよ。ポケットの袋を裏返して引っ張り出して、隅の隅まで覗《のぞ》き込んでもね、宝物は出てこない」

どういう意味だろう。そう思ったことが顔に出ていたらしい。桂木さんが優しい目つきで私を見て、説明してくれる。

「ポケットの隅の隅まで知らないと気が済まない人と二度暮らして、僕も相手の人も苦しんだ。そして別れた経験から言っています」

「桂木さん……」

「僕は鮎川さんと一緒に暮らしているのが楽しい。こんなに楽しいのは記憶にないくらいだよ。だからあんまり気を遣わないでね」

私なんかを、なぜこんなに大切にしてくれるんだろう。

「あなたは何も心配する必要がないし、遠慮もしなくていいよ。そもそも……いや、それはいいか」

桂木さんはそこで言葉を止めた。「そもそも」の先はなんだろう。

「鮎川さんが楽しそうにしているのを見ているのが僕の楽しみだ。……と言ったら、迷惑かしら」

「迷惑なんてことは」

遠くで水音がする。

「お。そろそろ温泉に入れるかも。一応は源泉掛け流しだよ。どれ、温度がちょうどいいかどうかを見てこよう」

絶対に罰が開始されていると思う。


この別荘の持ち主であり雇い主でもある桂木さんより先にお風呂に入っている。

竹の塀で周囲からの視線は遮られていて、屋根がある半露天風呂。檜《ひのき》の浴槽はいい香りで、洗い場の床も壁も檜。

全身を洗ってからお湯に浸《つ》かると硫黄の匂い。

目の前に桜の木が生えていて、(桜の花の頃に来られたら最高だろうな)と思う。でも口には出さないようにしよう。言えばきっと連れて来ようと思わせてしまう。

贅沢《ぜいたく》を言わない。手のひらに置かれた幸せを、大切にして、ひと粒たりともこぼしたくない。

新幹線の中で、桂木さんは『手に入れたかったものが、ひとつ手に入った』と言っていた。おそらく家族みたいな気楽な人と旅行して駅弁を食べること、なのかな。

深山奏《みやまそう》が「めちゃくちゃ忙しい時期があった」と言ってたっけ。

奥さんはどんな人だったのだろう。

ポケットの袋を引っ張り出して、裏返して中を見るようなって、どんな行動のことを言うのだろう。

わからないことだらけだ。桂木さんは自分のことをあまり語らない。学生時代のことも、親のことも、子供時代のことも。

気がついたら私は洗いざらいしゃべっているけれど、桂木さんのことはよくわからない。そこまで考えて「あ」と思う。

高校の古文の先生が、「昔の人にとって『あなたのことを知りたい』と手紙に書くことは『あなたのことが好きです』と書くのと同じ意味だ」と言っていた。

桂木さんのことを知りたいと思う今の私は、桂木さんが好きなのだ。好きだから知りたいんだ。でも知りたがって踏み込みすぎれば壊れてしまう。今の私と桂木さんは、そんな関係のような。

桂木さんは、私が桂木さんのことを知りたがっていると気づいたらどう思うだろう。奥さんと別れたように、私とも距離を置くのだろうか。ポケットの中を裏返して見る人だと思われるのだろうか。そう思われたら嫌だな。

そこまで考えてから、ふと（私の両親は私のその後を知りたいと思ってくれただろうか）と疑問が浮かんだ。そしてすぐに苦笑した。

両親は日本で数年間の刑に服することよりも、娘を捨ててでも海外で自由に生きることを選んだ人だ。私のその後を知りたいなんて思わなかったに決まっている。

桂木さんに贅沢に甘やかされていても、私の心の底にはいつも（父は拘置所でどうしているのだろう）と父のことを考えてしまう自分がいる。私の中にはまだ、父を慕う子供の私がいるのだ。

「厄介だなあ」

理屈じゃない。親離れをする心の準備も時間も与えられないまま親に捨てられたから、きっと成長しきれない部分が残っているんだと思う。ちゃんと父に向かい合うことは、私に与えられた課題だ。親が我が身を優先して生きたように、私も優先して生きればいいのにね。

「もう出なきゃ。あ、そういえば次のかるたは『ち』だった。ち……千切れた縁を手のひらに載せて眺める、かな。普通は親子の縁について考えることなんて、ないんだろうな。まあ、なにが普通かなんて、人の数だけあるんだろうけど」

私は結婚をしない。身内のことで苦しむのは私で止めるためだ。私に子供が生まれたら、その子は会ったこともない祖父母のことで傷つくかもしれない。それだけは絶対に嫌だ。

「のぼせてきちゃったな。そろそろ出よう」

ぬるめのお湯だったので、かれこれ一時間以上お湯に浸かっていた。浴槽から出て、バスタオルを巻いて、「うう寒い」と言いながら脱衣所に戻ろうとしたら目の前が真っ暗になって星がチカチカした。力が入らない。しまった、湯あたりだ。

「うう、気持ち悪い」

バスタオルのまま倒れるわけにはいかぬ！　と床を這《は》いながらジリジリ進み、濡《ぬ》れて引っかかる体に必死に下着をつけてから床に仰向けに倒れた。ありがとうバスタオル。何があってもお前さえいてくれれば無残な姿を晒《さら》さずに済む。

どんどん背中が冷えてきて、貧血から回復するのが先か、湯冷めして風邪をひくのが先かという状態のまましばらく待つ。

やっと目の前のチカチカが消えて服を着られるようになった。足腰に力が入らないまま、壁を伝わってリビングに戻ったら、桂木さんが駆け寄って支えてくれた。

「あんまり遅いからどうしようかずっと迷ってたよ。湯あたりしたんだね？」

「はい」

「横になりなさい」

「すみません。鈍くさいことしちゃって」

「湯あたりに鈍くさいもなにもないよ。浴槽で意識を失って、そのまま亡くなる人がたくさんいるからね。無事でよかった」

桂木さんは甲斐甲斐《かいがい》しく動いて、私を暖炉の前に横たわらせ、足の下にはクッションを置いてくれた。

「毛布を掛ける？」

「はい。しばらく脱衣所の床に寝ていたら、冷えてしまって」

「もう。声をかけなさいよ。なんで一人で倒れてるの」

「そうですよね」

まさか「下着姿を見られたくなかったので」とも言えず、苦笑しながら目を閉じる。暖炉の熱は柔らかくて、身体《からだ》がぽかぽか暖かい。いいなあ、暖炉。ここにいる間は、毎日暖炉三昧を楽しみたい。

「はい、砂糖と塩を入れたお湯。飲みなさい。起こしてもいい？」

「自分で起きられます」

ゆっくり起きて、スポーツドリンクみたいな味のぬるま湯を飲んだ。うっすら甘くしょっぱいぬるま湯は、するする喉を通り過ぎて、いくらでも飲めそう。コップに二杯それを飲んでまた横になる。

「今度はせいぜい三十分にしてね」

「はい。源泉かけ流しが嬉《うれ》しくて、つい欲張りました」

「お風呂の前に桜の木があったでしょう？　あれが咲く頃にまたここに一緒に来てくれる

と嬉しいんだけど」

「はい。ぜひ」

「そうか。ありがとう。今まで毎年一人で見ていたけど、鮎川さんと二人で見たら、きっと楽しいね」

「はい。お花見弁当を作りましょうか」

ふふ、と桂木さんが笑う。私の隣で片膝を立てたあぐらのような姿勢で、桂木さんは笑っている。

「先のことを話すのは楽しいね」

「そうですね。未来の楽しいことを話題にするのは、楽しいですね」

いつ会社を辞めてくれと言われるかわからない頃は、一年後を考えないようにしていた。その日一日の無事を願い、次は一週間、その次は一ヶ月。それ以上先のことは考えないようにして生きてきた。そんな私が、来年の桜を楽しみにしている。

「桂木さん、本当にありがとうございます」

「僕こそありがとうね。駅弁を誰かと二人で分け合って食べるって、初めてなんだ」

「へえ……」

「僕の母は大変なきれい好きでね。今思うと強迫性障害だったような気がするけど、当時の人は癇性《かんしょう》と言ってたな。母の癇性は、まるで美徳のように言われていたよ。駅弁を食べるのも、外食も、不潔だと言って嫌がってた人」

「それなら二人でひとつのお弁当を食べるなんて、冒険だったんじゃないですか？」

「昔はできなかった。でも、鮎川さんと一緒に食べる駅弁は、美味《おい》しかった。ありがとうね。この年になると、やり残したことが気になるものなんだ」

「私は……温泉につかりながら、父はどうしているんだろうと考えていました」

桂木さんがそっと私の頭を撫《な》でた。

「会いたいような気がするんです。でも、会って憎しみが湧いたら嫌だなって、自分のために会わないほうがいいんだろうなって思うんです。でも、ここに、胸のあたりに『会ってやれよ、十二月の拘置所は、フィリピンにいた人間には寒くてつらいぞ』と言うもう一人の私がいるんです。養護施設にいた友人には絶対に会うなと釘《くぎ》を刺されているんですけど」

「会ったらいいよ」

「そうでしょうか」

「うん。会って傷ついたら泣けばいいよ。僕が美味しいものをご馳走《ちそう》しよう。鮎川さんは、美味しいものと言葉で元気になれる強い人だよ」

そっと頭を撫でている桂木さんの手がありがたくて、「はい」と言いながら目尻から涙が落ちる。

そうだね。一度父に会いに行こう。会ってお別れを言おう。そしてずっとそのままだった親離れを済ませよう。

その夜、美味しそうな料理がたくさん届けられた。メインは黒毛和牛のすき焼きだった。固形燃料で煮て食べたすき焼きは、あの日、両親が詐欺師だと知ったときのすき焼きを思い出させたけれど、今夜はちゃんと味わって食べることができた。

それぞれ二階の個室で眠り、贅沢で優しい一日目が終わった。

塩原の別荘は、二階に主寝室と客室がひとつずつあって、どちらの部屋にも私がずっと欲しかった対流式の石油ストーブが置いてあった。青い炎が見えるやつ。

「桂木さん、暖炉もそうですけど、アラジンのブルーフレーム、長年の憧れなんです」

「ああ、そうだったの？　暖炉もストーブも気に入ってくれたならよかったよ。鮎川さんは好きなものが僕と似てるよね」

「はい！　でも美味しいものと暖炉と炎が見えるストーブと駅弁は、みんなが好きなものですから」

桂木さんは一秒の半分くらい呆気《あっけ》にとられたような表情をした気がするけど、楽しそうに笑い出した。

「あれ？　変なこと言いましたか？」

「いや、鮎川さんは、びっくり箱みたいな人だから。答えがいつも予想外で驚くよ」

「それは……褒めてます？　貶《けな》してます？　私、桂木さんみたいに頭が良くないんですから、わかるように言ってくださいよ」

「褒めてる。すごく褒めてる」

「くくく」

桂木さんは「面白い人だ」と言いながら買い物に行く準備をしている。ここにいる間はずっとタクシーを使うのかと思っていたけれど、朝の八時に別荘まで車が二台できて、レンタカーが届けられた。

帰って行くレンタカー営業所の軽自動車を窓から見送りながら（そんなサービスがあったんだ）と、庶民の私は驚くばかり。貴族が使いこなしているサービスの種類は実はたくさんあって、私が知らないだけなんだろうね。

「で、いいの？　牧場も温泉も行かないで地元のスーパーに行きたいの？」

「はい。旅先のスーパーで地元の奥さんたちが作るお惣菜《そうざい》を買って食べるのは、私の奥深い楽しみなんです」

「たしかに奥深い。いい趣味だよ」

運転している桂木さんはご機嫌だ。相変わらず読めない人で、私と二人でタラタラしゃべっているとき、突然ご機嫌になる。ご機嫌スイッチがどこにあるかわかれば、家事代行者兼社員としてはいくらでも連打してあげるのに。聞いても教えてもらえないから、観察して覚えるしかない。

四駆のファミリーカーはうねうねとくねる崖沿いの道を走っている。ところどころ道路が黒く凍っている。運転を誤ったら右側の崖下に落ちそうだけど、桂木さんはリラックスして運転しながら、ご機嫌にしゃべっている。

「世間にはお金が大好きな人っていっぱいいるんだよ。僕もお金は好きだけど、桁違いに好きな人がいるんだ」

「私もお金は好きですよ」

「違う違う。もうね、お金のためなら無自覚に常識も理性もかなぐり捨てられる人。鮎川さんはお金より大切にしているものがいっぱいある」

「それは、ふふふ」

「あ、思わせぶりな笑い方して」

「いえ、桂木さんて、なんでもお見通しなのに、わからないこともあるんだなって」

私が望む平穏な生活は、私の場合、ちょっとやそっとのお金じゃ買えないから。

そこから先も桂木さんの口角は上がったままで、道の駅を通り過ぎた。

「え！　道の駅！　なんで通り過ぎるんです？　行きたかったのに」

「帰りにね。あそこには地元のお母さんたちのお惣菜は売ってない。でも、美味しいチーズはある」

（おおっ！）と思ったところで桂木さんが「ぷっ」と笑う。

「鮎川さん、楽しいよ」

「私もです」

今度は「あははは」と本気で笑う桂木さん。歯並びがきれいだ。

たどり着いた那須のスーパーは十字路の角にあって、駐車場は地元ナンバーの車と県外ナンバーの車で混んでいた。

「うわ、見てくださいよ桂木さん。厚揚げと姫タケノコとこんにゃくの煮物。美味しそう。あ、こっちの辛子菜のゴマ和《あ》えって、辛いのかな。ゴマの味が勝つのかしら。おお、子持ち鮎《あゆ》の甘露煮。くぅ！」

「よし、買おう買おう。そっちの地産のチョリソーも買おう」

桂木さんが持っているカゴには、どんどん美味しいものが放り込まれていく。桂木さんて、お財布に入っている金額を確認して、カゴにいれた商品の値段を暗算しながら買うなんて経験、ないんだろうなあ。若い時代はあったのかなあ。

「あれえ？　総二郎《そうじろう》さん？」

男性の声に振り返ったら、四十歳ぐらいのロン毛が首を傾《かし》げて立っている。サラサラのロン毛は肩より長い。その歳《とし》でロン毛か、しかも左の耳にだけピアスを何個もつけていて微妙、と思ったけれど、桂木さんの知り合いのようだから愛想よく微笑《ほほえ》んで頭を下げた。

ロン毛は私の挨拶を完璧に無視して、桂木さんに近寄る。はい、嫌な奴認定。

「塩原の別荘？　珍しいじゃん。しかも女連れなんてびっくりしたよ」

「菊《きく》、相変わらず口の利き方がなってないね」

「たまには帰っておいでよ。みんな寂しがってるよ？」

「菊、あっちにはたぶん、死ぬまで帰らない。あ、違うな。骨壺《こつつぼ》に入っても帰らないんだった。もう何度もそう言ってるんだけどなあ。ご老人たちは忘れちゃうんだね。じゃ、僕は買い物の途中だから、失礼するよ。さあ、行こう」

不穏な会話に（なにごと？）と思っていた私は、腕を引っ張られてロン毛から離れた。

桂木さんの顔から微笑みが消えている。珍しい。

「なんで会いたくない奴には会うんだろうねえ。七百日以上来ていない別荘に来たら身内に会うなんて、どんなアンラッキーなんだか」

「ご親戚ですか？」

「そ。僕のことをとっても嫌っている弟。彼とは母親が違うんだ。はぁ、気分悪いから、特別いい牛肉買って、帰ろう」

レジを済ませて車に戻ろうとしたらロン毛がいた。赤いアウディのクーペにもたれて立っている。ロン毛の車選びは期待を裏切らない。

「総二郎さん、塩原にお邪魔してもいい？　退屈してたんだ。ちょうどいいや」

「悪いけど、僕は退屈していないし、しつこい人が嫌いなんだ。あんまり僕を怒らせないでね。酔っているときに『うっかり』歌舞伎町《かぶきちょう》まで画像を送っちゃうかもしれないでしょ？　そんないい車に乗ってることがあっちにバレたら、困るんじゃないの？」

とろけるような優しい声でそう言うなり、桂木さんはロン毛ごと車の写真を撮った。

いつの間にスマホを出したの？　桂木さんは、ロン毛がぎょっとしている間に私を運転席の後ろにグイグイと押し込んで、「じゃあね、菊」とだけ言って車を出した。

桂木さん、自分で腹の中が真っ黒って言ってたけど、黒さ全開だった。あんな会話、テレビの中だけかと思ってたらリアルで言う人がいたよ。私の雇い主だったよ。

そこから桂木さんの表情は硬くて、雰囲気も暗くて、ラジオだけが救いだった。

別荘に帰っても桂木さんは無言で、まあ、仕方ないよね、と私は帰りに道の駅でダッシュで買ってきたチーズをチビチビ食べながらワインを飲んでいる。昼酒ほど美味しいものはない。

「あのさ、鮎川さん、僕は鮎川さんの生い立ちをかなり聞かせてもらったでしょ？」

「はい」

「不公平だとは思っていたんだけど、言い出しにくくて自分のことは言えなかった」

「あっ、いいです。別に桂木さんの生い立ちを聞くつもりはありませんから」

「うん。あなたならそう言うだろうと思ったから甘えて言わなかったんだけど、菊に見られちゃったから。あんなゲスの口からあなたの耳に入るぐらいなら、僕から話したいことがある」

どういうこと？　とチーズを口に入れたまま桂木さんを見た。すごく憂鬱そうな顔だ。

「僕の母親は、結構きれいな人でね。水商売をしていたの。そこでお客さんに気に入られたんだ」

(絶対にお綺麗《きれい》な方なんだろうなとは思ってましたよ！)

「僕の父親は堅気じゃないんだ。まあ、そっちの世界の人よ。母は……何人もいる愛人の一人で、世間的には僕と父親の関係は、ごく親しい人しか知らないんだけどね。僕は認知もされていないから、法律上は父と僕は他人だ。おかげで僕はそこそこ自由に生きることができたし、今も自由に生きているけど、そういう生まれです」

ええと、これ、美幸《みゆき》さんならなんて言うかなあ。

地面師と結婚詐欺師の娘がヤクザの息子と主従関係か。『やばいよ彩恵子《さえこ》ちゃん、やめときなよ』って言うんだろうなあ。

「そのこと、深山さんはご存じなんですか？」

「いいや。知らないほうが幸せなことはいっぱいあるもの。とはいえ、万が一そこをついてくる人間がいるかもしれないから、僕は実の父親とは別に、僕の父親という存在を用意してある。その人に一筆書いてもらってあるんだ」

「そんな大切なお話を、私にしていいんですか？」

「鮎川さんだからしたんでしょうよ。もう。僕の人生に踏み込んでほしくなかったら、こんなことは言わないよ。僕は僕が何者か、鮎川さんには知ってほしいんです」

口の中の美味《おい》しいはずのチーズの味がしないです、桂木さん。

「僕がヤクザの幹部の息子って聞いても、そばにいてくれる？　あ、念のために言うけど、父はもう亡くなっています。殺されたんじゃなくて病死です。それでも、鮎川さんはまっすぐな人だから、嫌がるかなと思って言えなかった。でも菊に見られちゃったから。あいつは人の嫌がることをするのが大好きだから、鮎川さんに嫌がらせするかもしれない」

「嫌がらせ、とは」

「ゲスの考えは僕にはあまりよくわからないけど、僕の氏素性《うじすじょう》をあなたに聞かせて怯《おび》えさせるとか、その程度だとは思うけど」

「氏素性なら私も負けていませんけどね」

そう言ってから自分で「クッ」と笑ってしまった。どんな自慢だ。

桂木さんが驚いた顔をしている。この人を驚かせることができた日、私はスマホのカレンダーに花まるをつけるようにしている。今日は花まるだ。

「桂木さん、かるた、一個思いつきました。『理不尽を得て人を知る』いや、違いますね。『理不尽を得て世間を知る』、どうです？　これはわりといい出来だと思いますよ」

桂木さんはちょっとだけぽかんとした顔になったあと、声を出さずに結構長いこと笑った。「参ったなぁ」と言って立ち上がり、私の右頰にそっと手を当てた。温かくて乾いた、安らぐ感じの手だ。

（なに？）とワタワタしていたら、スッと手を離して私の顔を覗《のぞ》き込んできた。

「僕はね、自分のことを執拗《しつよう》に知ろうとされることが嫌いだから自分も他人のことを知ろうとしなかった。でもね、鮎川さんのことは知りたい」

桂木さんはそれだけを言って台所に向かったけれど、「忘れた」と言って私のところに戻ってきた。

「忘れたって何をです？」

私が尋ねたら桂木さんは返事をせず、座っている私を背後からふんわりと抱きしめて、私の首と頰にキスをした。ほんの一瞬のことで、思わず固まってしまった。

（えっ？）

桂木さんはなにごともなかったように私を解放して台所に立っている。

冷蔵庫からさっき買った黒毛和牛のサシ入りまくりのステーキ肉を取り出しながら、桂木さんは私に話しかける。

「僕はあの日、あなたを自宅に招いた自分を褒《ほ》め称《たた》えたいね。さ、肉を焼こう。溶岩石のプレートで焼くと、柔らかくて美味しいんだ」

桂木さんの唇が触れた首と頬が熱くて、きっと私は赤くなっている。私の全身に『幸せ』と『嬉《うれ》しい！』が巡る。

「私も一緒に準備します」

私は笑顔で立ち上がった。『あなたのことを知りたい』が『好きです』と同じ意味なら『僕のことを知ってほしい』という言葉は優しい告白だ。

美味しい夕食を、私は幸せな気持ちで味わった。


今朝のごはんは焼き立てパンの予定。

桂木さんは今、早朝に別荘街を下って町のパン屋さんまで買いに行っている。

さっき階下の物音を聞いて寝室から飛び出し、階段を駆け下りた私に桂木さんは笑いながら「いいよ。まだ寝ていなさい」と言って出て行ってしまった。

車が遠ざかっていくのを見送ってからハッと我に返る。私、紺色無地のパジャマだし頭ボサボサだし、寝起きのむくんだ顔だ。

「ああ、いろいろとアウト」

思わず脱力してソファーに座り込む。目の覚めるような美人じゃない以上、せめて清潔感のある女でいたかった。油断しすぎだ。

町まで往復してくるから、小一時間は帰ってこないはず。それまでに着替えて……。その前にコーヒーを飲もうか。

コーヒーを淹《い》れ、時間をかけて飲み終えた。「さあ、着替えるか」と思っていたら車の音に続いてドアの開く音がした。もう？　近所にパン屋さんがあるの？　忘れ物なの？　とパジャマを着替えるべく慌てて二階に駆け上がろうとしたのだが。

階段を半分駆け上がったところで背後から声をかけられた。

「色気のかけらもねえパジャマだな」

誰？　と階段の途中でゆっくり振り返った。動物と不審者に素早い動作は禁物だ。

そうかなとは思ったが、やはり昨日のロン毛だ。いくら母親違いの弟だからって、朝早くにノックもしないでドアを開けるなんて。なにこいつ。桂木さんとは仲良しでもないのに、馬鹿なの？

「総二郎さんは？　車がないけど？」

「買い物に行っています」

「ふうん」

「今、着替えますので、どうぞあちらに」

手でリビングを指示して階段を駆け上がり、寝室に入ってドアに鍵をかけた。心臓がバクバクしている。落ち着け。私が怯えているのを感じたら、あの手の人間は図に乗る。

まずは着替え。ジーンズにトレーナー。その上からパーカーを着てファスナーを上まできっちり閉める。それから桂木さんに電話をかけた。

なかなか出ない。レンタカーはスマホとリンクしていないから、一度車を停《と》める必要があるはず。

(出て。早く。お願い。出て)

「はい。どうした?」

「昨日のロン毛の人が来ています」

「すぐ戻る」

会話は四秒ほどで終わり、ツーという音に変わった。ドアの前にロン毛がいないかどうか耳をつけて気配を探ってからドアを開ける。

さすがに桂木さんの別荘で婦女暴行はないか。ロン毛は見るからに堅気じゃないけれど、やはりそっちの世界の人なのだろうか。……だろうな。

そっちの世界の人と関わったことがないから、相手がどう動くか読めない。

ロン毛はおとなしくリビングのソファーに座っていた。が、私の顔を見るなり、顎をクイッと動かして命令する。

「コーヒー」

「はい。ミルクと砂糖はどうしますか」

「どうなさいますか、だろが」

「どっちもなし」

　余計なことは言わずにコーヒーを淹れる。

「お待たせしました」

「あんた、名前は？」

「加藤《かとう》エミです」

　こいつに本名を教える理由はない。ワンタイムの名前で十分。

「あんた、総二郎さんのなに？」

「なに……とは」

「は？　わかんだろ？　総二郎さんの女なのかって聞いてんだよ」

「いいえ。違いますが」

「じゃ、なんでここにいんだよ」

　んー。どうしようかな。そろそろ桂木さん、帰ってくる頃だな。私は黙って対面式キッチンのカウンターの中に戻った。

手近にあるのはホーローのやかんと包丁。包丁はまずいから、いざとなったらやかんで殴ろうかな。

私はヘラッと笑って答えなかった。もうここで控えめモードは終了にしよう。

「なに笑ってんだよ」

「それ、お話ししたくないです」

「んだとっ！」

「あなたと私は赤の他人ですし、私はあなたに何の借りもありません。答える義務はありませんよね？」

「総二郎さん。しつけがなっていないな」

窓の外にレンタカーの白い車が止まるのが見えた。少し離れて停まって桂木さんが降りてくる。なんでかしら。

ロン毛がゆっくり私に近寄ってくる。私はやかんを握った。

「気が強いんだなぁ。ふうん」

ロン毛が気色悪い笑顔になる。私もへらへら笑って見せた。たとえ虚勢を張ってるのを見破られても、もう大丈夫。桂木さんが音を立てずにドアを開けて入って来たから。

「菊」

ロン毛が明らかにビクッとなった。

「僕の車がないのを承知の上で入ってきたの？」

「違うよ。車がないのはわかってたけど、せっかくここまで来たから、この人に挨拶だけでもと思っただけ」

「そう。挨拶はいいから帰りなさい。ちゃんと警告はしたのにねぇ」

桂木さんはそう言いながらスマホをタップしている。警察を呼ぶのだろうか。

「都《みやこ》さん？　総二郎です。お久しぶりです。今、菊がうちに押しかけてきていましてね。とても困っているんです。ええ。断ったんですけどね。今、電話を替わります」

スマホを差し出す桂木さんの顔は無表情なのに、怒りのオーラが見える。ロン毛は一度桂木さんを睨《にら》みつけてからスマホを受け取った。

「母さん？　おはようござ……はい。はい。いえ、違いますよ。久しぶりだか……すぐに帰ります。はい、はい。わかっています。失礼します」

ロン毛は母親に頭が上がらないらしい。マザコンか。電話を切るなりロン毛の態度が大きくなるけれど、もはやコントみたいで怖くない。

「いつお袋の電話番号を調べた？　相変わらずやり方が陰湿だな」

「菊は外で働いたことがないからわからないんだね。誰かを相手にするとき、相手の情報を集めるのは仕事の基本だよ。僕が何も手を打たずに、のんびり暮らしてきたとでも思った？」

ロン毛は私を振り返り、威嚇するみたいに足の先から頭のてっぺんまで見上げてから「じゃ、また来ます」と言って玄関に向かった。

「今度来たら、ケイトに話をするよ」

ロン毛の動きが止まる。振り返った顔が獣じみている。

「どういうことだよ。なんで総二郎さんがケイトを知ってんだよ」

「調べたから。菊、都さんに借金している身の上で、ケイトとハワイなんて行ってるんだね。ケイトには自分のことを芸能関係って偽っているでしょ」

「っ」

「菊の無礼を見逃し続けるのに、僕はそろそろ飽きたよ」

「どういう意味だよ」

「言った通りの意味だよ。菊はさあ、芸能界に憧れている若い子をだまして酷《ひど》いことしてるそうだね。堅気の僕の耳に入るくらいだ、身内にはバレてるよ。警察にもね。今頃は情報を集められている段階じゃないかな。今は幹部の息子といえども交渉の材料に差し出される時代だ。命を大切にね」

ロン毛は無言で玄関に向かい、バタンッ！と叩《たた》きつけるようにしてドアを閉めて出て行った。

「鮎川さん！　桂木さんが怖い顔で私を見る。

なんであいつを入れたの！」

「鯛崎町《たいさきまち》のおうちのオートロックに慣れていて、うっかり鍵を閉め忘れました」

「なにもされていないよね？」

「されていません」

桂木さんがカウンターの中に入って来て、怖い顔で私を見ている。

「あの。ほんとになにもされていません」

「やかんをぶつけようとしたの？」

そう言われて、私は指が真っ白になるまでやかんの取っ手を強く握っていたことに気がついた。

「あいつは獣《けだもの》だから。そんなことをしたら何をされていたことか。ああ、よかった。あなたが電話をくれて」

そう言ってふんわりと抱きしめられた。

頭を抱えられたことも、打ち明け話をしたときに抱き締められたこともあるけれど、これ、ちょっと違うやつでは？

「大丈夫ですよ。なにかされそうになっても、死ぬまで抵抗する覚悟でしたから」

「あの馬鹿は力が強いんだよ。菊が二十代の頃、しばらく僕につきまとっていた時期があってね。僕はあの世界とは関わりを持つ気がなかったから相手にしないできた。僕に近づいて何がしたいのか。ああいう性格だから、あの手の行動に出るんだよ」

「もしかしたら、桂木さんともっと仲良くしたいんですかね。親戚の憧れのお兄さんって気持ちなんでしょうか」

「もしそうだとしても、僕は菊と距離を詰める気はないよ。鮎川さんにあんな近づき方をしただけでも、もう一発アウトだ」

こんなふうに心配してくれて、ありがとうね、桂木さん。

私は下ろしていた両腕を桂木さんの背中にそっと回した。うう、自分で腕を回したのに緊張する。

「パン、一緒に買いに行きましょうか」

「そうだね。一緒に動くべきだった。一緒に買いに行こう。お店で食べるのもいいね」

「はい。桂木さん、大丈夫ですかね。あの人、仕返ししませんかね」

「あいつの母親が生きている間は大丈夫。鎖がなくなったら危ないかもね。だけど、あいつが組の幹部になったところで、その上がいるから。僕に手出しはしないとは思うけど」

桂木さんの腕が動かない。私は私で桂木さんの背中に回した腕をどうしたものか、迷っている。

「あちらさんは、僕が会社を売って手に入れたお金を狙っているんだよ。今は経済活動で資金を得ようとしている人たちだから。やたらにいろんな仕事を持ち掛けて来るから厄介なんだ」

「そうだったんですか」

「どれが真っ当な仕事で、どれが彼らの触手なのか、見分けるために無駄に時間がかかるよ」

私は桂木さんの背中に回していた腕をほどき、ぽんぽんと叩いて抱き締められている状況を終わりにした。

それから二人で車に乗って、くねくね道を下り、塩原の町のパン屋さんに入った。イートインコーナーでパンを食べて、お土産屋さんを覗《のぞ》いて、午前中を過ごした。

桂木さんの表情は穏やかだったけれど、なにか考え事をしているのは私にもわかった。

塩原の別荘での六日間はのんびりしているうちに終わった。

桂木さんはなにか考え込んでいる様子。それがいいことなのか悪いことなのか、私にはわからない。

桂木さんの表情から読めることは少ない。

東北《とうほく》自動車道から外環に入り、まっすぐ帰るのかと思っていたら、都内で高速道路を下りた。

「桂木さん、どこかに寄るんですか？」

「うん、菊の母親の都さんに話をしてくる。君は車の中で待っていればいいよ。ちょっと早めに話をつけておいたほうがいいと思ってね」

あいつの母親は、やはりそっちの人なんだろうなと緊張する。

「話をつける、とはどういうことを？」

「菊をたしなめられる人のうち、僕が今会えるのは都さんだけなんだ。僕は何度かあっちの世界に誘われたけど、『一切関わりを持たない。関わりを持つつもりは微塵《みじん》もない』と断り続けた。僕が父のお気に入りだったのを知っている人たちは、僕があちらの世界に関わらないことを条件に僕を組織に誘わないでいてくれるんだ。なのに菊がやっていることはその約束を破ることだからね。二度と関わってくれるなと伝えてくるよ」

車は歌舞伎町に入った。お正月の昼間、歌舞伎町にはまだそれほど人が出ていない。車をとあるビルの地下駐車場に停《と》めて、桂木さんは私の目をじっと見る。

「鮎川さんはここにいて、ドアをロックして。絶対に開けないように。すぐ戻るから、心配しないでいいよ」

「はい」

私のために面倒なことに……と思ったが、それはやめにした。私は逃げ隠れしないと決めた。桂木さんに迷惑をかけることも、申し訳ないと思うことも含めて、受け入れると決めたのだ。

スマホをいじる気にもなれず、じっと待っていたら、二十分ほどして窓ガラスをノックされた。

髪をきっちり七三分けにした男性が上品な笑顔で「出ておいで」と手招きをする。桂木さんには「絶対に開けないで」と言われたのに、と困った顔をして見せる。

上品な男性はまた「出ておいで」と手招きをする。仕方なく窓を少し開ける。

「申し訳ありません。母がどうしてもあなたに会いたいそうで」

「母とは……」

「兄にはもう会っているんですよね？　僕は菊の弟で岩《いわ》と申します。ガンちゃんと呼んでください」

どんな名づけのルールがあるんだろう。謎だ。すると岩の背後から声をかけられた。

「鮎川さん、ごめんね。どうしてもあなたに会いたいと言われたから迎えに来た。いいだろうか」

桂木さんが困った顔だ。きっと「だめだ」と断れない相手なのだろう。

「はい、わかりました」

車を降りた私に桂木さんがぴったり寄り添って歩く。チラリと振り返った岩が桂木さんに声をかけた。

「総二郎さん、ずいぶん大切にしているんですね」

「大切な人だからね。岩、この人には関わらないでね」

「へえ。本気なんですね」

桂木さんは返事をしない。

こんな緊迫した会話の間、私は名づけるときにどうしてこうなったのか気になって仕方ない。そしてあの菊に対してこの弟。どんな育て方をしたら、こうも仕上がりが違ってくるのか。そっちのほうも謎だ。

岩に案内され、エレベーターで最上階に上がる。ドアが開いたらもう玄関の前だった。ワンフロア全部個人宅ってこと？

通されたリビングはやたら広く、白いソファーがずらりと並んでいる。

「鮎川さん。こっちにどうぞ。こちらが菊の母親の都さん。そっちは菊の弟の岩。都さん、この人が今一緒に暮らしている鮎川紗枝《さえ》さんです」

「お正月早々、こんなところに来てもらって悪いわねえ。さあ、どうぞ座って。日本茶でいいかしら」

「はい。初めまして。鮎川紗枝です」

挨拶もそこそこに桂木さんの隣に座らされ、素早くお茶が出された。湯飲み茶わんが白磁だ。高そう。と、感心していたら菊が入ってきた。ロン毛を後ろできっちり縛ってる。ピアスも外している。

「鮎川ってどういうことだよ、お前、加藤って名乗ってたじゃねえか」

「菊、いきなりやめなさい」

「お袋、こいつ俺に嘘《うそ》ついたよ。大人しそうな顔して案外したたかなんだわ」

「お前には使い捨ての名前で十分と判断されたんでしょうよ。ね？」

ね？と聞かれて「そうです」とは言えず「申し訳ございません」と都さんに頭を下げた。菊には絶対に下げたくない。

「面白そうな人じゃない？　総二郎さん」

「はい。こんなに興味深い人は初めてですね」

「ここに連れて来たってことは、総二郎さん、父親のことも？」

「はい。話してあります」

「まあ、そうなの」

カシミヤらしいニットの、濃いグレーのアンサンブルを着ている都さん。私を笑顔で品定めしているけれど、目の奥が全然笑っていない。視線を下に向けたくなる。だけど意地でも下げたくないから、都さんのネックレスを見ることにした。

真珠と黒い石を組み合わせてあるネックレス、これも高そう。

「鮎川さんのご両親は、総ちゃんのことをご存じなの？」

「いえ。まだ」

「いいの？　親に縁を切られますよ？」

「はい。かまいません」

「まあ。総ちゃん、腹の据わったお嬢さんねぇ」

「はい」

都さんはご満悦な感じにうなずいて、菊と岩に向かっていきなり表情を変え、「あんたたち、総ちゃんとこのお嬢さんにちょっかいは出しなさんな。それはもう決まったことだ。こっちから約束を破るのはやめておくれ。いいね？」と短く言い放つ。答えは必要としない口調。こんな山の手《やまのて》の奥様みたいな雰囲気なのに、声の奥に命令しなれた人特有の怖いものがある。

「総ちゃん、ごめんなさいね、私の躾《しつけ》が失敗したせいで、嫌な思いをさせました。絶対に総ちゃんと鮎川さんには手出しさせません。安心してちょうだい」

「ありがとうございます」

桂木さんが深々と頭を下げたので、私も急いで頭を下げる。

パン、と都さんが手を叩《たた》くと、品のいいスーツを着た若い男性が三人入って来て、海の幸山の幸が並べられる。菊以外は全員一流企業のエリートサラリーマンにしか見えない。

私は形だけ摘まんでいたが、桂木さんは笑顔でパクパク食べる。私も食べるべき？　そっちが正しい？　全然わからない。

岩と桂木さんは親しげだけど、菊はずっと不機嫌そうな顔で日本酒を飲んでいる。

「総二郎さん、今度新しい仕事を僕が始めるんです。監督してもらえると嬉《うれ》しいな」

「岩なら僕の監督なんて必要ないよ」

「そんなこと言わずに頼みますよ」

「必要な資料なら渡せるけど、そこまでだねえ」

「もう、つれないなあ」

怖い怖い。二人とも穏やかな表情だけど、大蛇と虎が向かい合って唸《うな》り合っているみたい。

「鮎川さん、あなたはどんなお仕事を？　何もしないで総ちゃんに囲われているタイプには見えないわ」

「家事代行を」

「まっ！　総ちゃん、あなた大事な人を使用人扱いしているの？　酷《ひど》いわ」

「そうでもしないと鮎川さんは僕のそばに居てくれないんですよ」

「ああ、なるほどねえ。誇り高い人なのねえ」

（ひー）と心で悲鳴を上げつつ、笑顔を作る私。

なんだかんだで一時間ほどいただろうか。

岩に送られながら地下に向かう私はライフを消費し尽くして、ぐったりだ。車が走り出したら思わず「ふうぅぅ」とため息をついてしまった。

「ごめんね。疲れたよね。でも、こういうことは何かある前に手を打つのが最善だから。鮎川さん、岩のことをどう思った？」

「菊さんより怖いと思いました」

「正解。あれは怖い男だ。気をつけて。まあ、もう接触はないと思いたいけど」

その後、詳しい話を説明してもらった。

都さんは銀座《ぎんざ》のママから桂木さんの父親の後妻になったこと。亡くなった最初の妻には子供がいなかったこと。生まれた男児の中では桂木さんが後継者として最も父親に目をかけられていたこと。

しかし桂木さんが固辞したので、都さんの次男の岩が後継者になったこと。

岩が有名な大学を出ていて、経済的に組織を大きくしていること。

「まあ、岩は僕なんか頼らなくてもやっていけるから、大丈夫とは思うけど。あの世界は生き残るのに必死だから、そのうち僕を利用したくなるかもしれない。油断はできないんだ」

そこまで言って、私の手にそっと手を重ねてきた。

「ごめん。鮎川さんを手放してあげるのが一番正しい道なのはわかってる。でも、そばに居てほしい。人生最大のわがままを言っている自覚はあります。巻き込んでごめんね」

テレビドラマや映画なら、ここで気の利いた感動的なセリフを言うべき場面。でもなにも出てこない。だから本心をそのまま伝えることにした。

「そばにいたいです。いさせてください」

私は今、枝分かれしている道の片方を選んだ。

いつの日かこの判断を後悔するかもしれないし、「あの選択をしてよかった」と思うかもしれない。

世間から逃げ続けてきた私が、初めて、風当たりが強そうなほうを選んでみた。

とても気分がよかった。


レンタカーを系列店に返して、東京駅から電車に乗っている。

桂木さんが隣に座っているのは行きと同じだけれど、ずっと手をつないでいるのがもう、緊張する。

絶対に手汗をかいていると思うのだが、そーっと手を放そうとするとギュッと握られてしまう。

岩と桂木さんが笑顔で火花を散らしているときも「ひー」と思ったが、隣同士で手をつないで座っている今も、別の意味で「ひー」と思っている。

さすがに途中で桂木さんが笑い出して手を放してもらったが、心臓に悪い。

「鮎川さん、あの家に行ったから疲れたでしょう。疲れを取ってもらおうと思って出かけた旅行なのに、申し訳なかったね」

「いえっ！　楽しかったです。今までの人生で一番温泉に入れましたし、美味《おい》しいものもたくさん頂きましたから」

「あなたは気配りの人だけど、いいんだよ、思った通りのことを言って」

では、あれを言っていいんだろうか。

「言ってごらん。なにか言いたいんでしょう？」

「では。岩さんと桂木さんが笑顔で会話してるとき、蛇と虎が威嚇しあっているみたいでした。もう、ほんと怖かったです」

「あっはっはっは。そう見えましたか。岩は僕の五歳下でね。物心ついたときから僕と比べられていたらしいんだ。父の子供の中で、男児としては僕が最年長だったし、父に目をかけられていたのが気に食わなかったんだろうね。五歳も歳《とし》が離れているのに中学高校大学と、僕と同じ学校に進学して、何かと張り合っていたらしいよ」

「らしい、というのは、桂木さんは相手にしなかったということですか？」

「僕は父の跡を継ぐ気がなかったからね」

それは、岩にとってさぞかし歯がゆかったことだろう。相手は自分を気にしていない。プライドが高ければ高いほど心をへし折られたに違いない。お気の毒様だったね、岩。

桂木さんとは全く違う路線に進んだ菊は、本能に従ったのだろうが、正解を選んだのかもね。

「鮎川さん、今夜は外食しよう。なにが食べたい？」

「海の幸がいいです」

「いろはかるたはどこまで行ったっけ？」

「『ち』と『り』はできたので、次は『ぬ』ですね。『脱ぎ捨てた過去を忘れて手をつなぐ』どうですか。ちゃんと七五調ですよ」

「あっ。どや顔してる。あなたの過去を知ってから聞くと、しみじみ胸を打たれます。鮎川さんの言葉は昭和の香りがするよね」

それは誉《ほ》め言葉なんだろうか。わからないのでへらへら笑っていたら「昭和を馬鹿にしたね？」と言われてしまった。馬鹿にしたわけではないけれど、昭和っぽいというのはたいていいい意味では使われていないような。

家に帰る前に、鯛埼町の駅前の居酒屋で夕飯を食べた。

「これは……罰が当たりそうなご馳走《ちそう》ですね」

「罰なんか当たらないよ。食べて食べて」

目の前にはサヨリの天ぷらとたっぷりの大根おろし。天つゆ。

伊勢海老《いせえび》のお造り。

鯵《あじ》の塩焼き、キンメダイの煮つけ。

これ、残ったら持ち帰ることができるのかなと貧乏が染み込んでいる私は心配してしまう。

「お飲み物は?」

ジョッキの生ビールが空になったところでタイミングよく聞かれて、「キンミヤの炭酸割で」と答えると、桂木さんが「お」と言う。

「キンミヤは庶民の味方ですから」

「鮎川さんがどんな二十代を過ごしたか、聞きたいのをぐっと堪えてるよ」

「隠すようなことはありません」

「いや、キンミヤを誰に教わって誰と飲んだか聞きたくなる。でもそれはやめておきます」

今の言葉はたぶん「聞きたくない」「知りたくない」って意味なんじゃないかな。大人だからやんわり予防線を張ったのかも。

私も桂木さんの別れた奥さんのこと、知りたい気もするけれど、聞いたところで幸せな気分になれないのはわかっているから聞くつもりはない。これからの私を独占して見ていてください」

「二十代の私より、今の私のほうが面白いと思います。

言った。言い放った。「何様だよ」と自分に突っ込みたくなるけれど、大人同士の会話だもの。この手の配慮は大切にしたい。互いに過去がまっさらじゃない以上、それも含めて仲良くしていたい。

「あなたは一を聞いて十を知る人だけれど、いいよ。そんなに気を遣わなくて」

「はい。楽にします」

「うん。楽に生きよう。楽がいい。ギラギラしてると疲れる」

美味しいものを食べ、アルコールを補充し、ほろ酔いになったところでスマホがブーンと音を立てる。さりげなく見ると、深山奏からだ。

「外に出ますね。深山さんからなんです」

「はい、行ってらっしゃい」

外に出て急いで画面をタップすると、深山奏がご機嫌さんだ。

『よお！　元気か』

「私は元気だけど、酔ってるね？」

『酒は酔うために飲むものだからな』

「知らんけど」

『桂木さんを幸せにしてやってくれ。してやってください』

「うん。深山奏のだいじな桂木さんを、私もだいじにするよ」

『ああ。頼んだよ。俺の人生の恩人だ』

「よし、頼まれた。私の恩人でもあるしね。深山奏、今、外でしゃべってるから、また後で折り返していい？　寒い。キンメダイの煮つけが冷める」

『ああ、食事中だったか。悪い』

「なにかあった？　なにかあったなら寒くても聞くよ？」

『うん。仕事で失敗した』

「桂木さんに替わるよ。話す相手が違うでしょうが」

『桂木さんはもう知ってる。いいよって許してくれて、フォローまでしてくれて、相手のご機嫌が直った』

「立つ瀬がないね」

『うん。申し訳なさすぎて、酒を飲んでいる』

「元気出してよ。そんなこともあるわよ。挽回《ばんかい》すればいいよ」

『うん。そうだよな。じゃ、キンメダイ食べて。おやすみ』

店内に戻ったら、桂木さんが笑っていた。桂木さんはいろんな笑い方をする。今の笑い方は「深山君が何を言ったか、全部想像がつくよ」という笑い方だろうか。

「深山君、愚痴をこぼしましたか」

「こぼしました。そして僕の恩人を大切にしてくれと言ってました」

「大切にされてます」

「そう思っていただけてよかったです」

そのあとはあまりしゃべらず、お酒を飲み、海の幸を食べて、家まで三十分くらいかけて歩いて帰った。

岩が私に何かしてくるとは思えないけれど、桂木さんはたいそうピリピリしていたから、用心は必要なんだろうな。

私は私で父に会って、親子関係を終わりにしたい、いや、終わりにします、というつもりでいる。

刑事さんにショートメールを送った。

「父に面会したいです。伝えたいことがあります」と。

その返事は深夜十二時過ぎに送られてきた。

「面会は九時から十六時までの間なら、いつでもできます」

そうか、それなら明日、面会に行こう。ささやかな差し入れぐらいは持って行ってもいい。

私は五千円で置き去りにされたから、五千円を渡して「大事に使えば結構暮らせるよ」と母と同じセリフを言おうかとも思ったけれど、それはあまりにも「いけず」というやつだ。

けれど、父に何を渡せばいいのか、全くわからない自分に気がついた。

何が好物なのか、たばこは吸うのか、暖かい肌着が欲しいのか、それとも本がいいのか。甘いものは好きなのか苦手なのか。

なにもわからない。

「お父さん、あなたがどういう人なのか、詐欺師だということ以外、私は何も知らないよ」

ベッドに仰向けになって、そう声に出してみた。

美幸さんにこのことをメッセージで送ったら「あほか」とそれだけが返ってきた。きっと呆《あき》れられたし、怒らせた。

「あほなんだよ。捨てられたのに、いまだに父親だってことに縛られてるんだもの。でも、もう終わりにしてくるよ」

翌朝、ご飯を食べながらその話を切り出した。

桂木さんは「行ってくればいいよ。行って話をしない限り、区切りがつかないと思っているんでしょう？」と、はばのりのお味噌汁《みそしる》を手にしてそう言う。

そうね。区切りをつけたい。終わりにしたい。人の目を気にすることも、後ろ指を指されないように神経を使って生きることも。

私は私。

詐欺師の娘の柿田《かきた》彩恵子ではなくて、両親がいない鮎川紗枝として生きていくために、父に会ってくる。

半熟の目玉焼きと焼き海苔と塩鮭《しおざけ》の焼いたのを食べながら、そう決めた。

十八年ぶりに会った父は、あまり見た目が変わっていなかった。年齢よりずっと若く見える。

フィリピンで暮らしていただけあって日に焼けてはいたが、（ああ、そうそう、こういう顔だった）と思う。

「彩恵子。来てくれたのか。ありがとうな」

「お久しぶりです」

目を潤ませて私を見ていた父が、「すまない」と言って頭を下げる。

下げられた父の頭を見て、白髪は増えていることに気づく。妙に心が冷静で動かない。

「父さんを恨んでるよな。ごめんな。謝って許されることじゃないのはわかってる。彩恵子のことは、一日だって忘れたことがない。どうしているかと、ずっと心配していたよ」

「そう。ありがとう。日本の冬は寒いでしょうね」

「寒いけど、父さんは頑張るよ。これは冤罪《えんざい》なんだ。父さんな、誰かにはめられた。詐欺なんてやってないんだよ。だからすぐに出られる。彩恵子、父さんがここを出たら、一緒に暮らそう」

人の好《よ》さそうな笑顔。目尻に滲《にじ》む涙。穏やかな話し声。

なにも知らない人ならきっと、父と少し会話しただけで父を『いい人』のカテゴリーに分類するだろう。

「お前が会いに来てくれたと聞いて、父さんは嬉《うれ》しくてなあ。ゆうべは眠れ……」

「お父さん、聞かないの？」

「うん？」

「私がどうやって育ったか、結婚したのかしていないのか、今はどこに住んで何をして働いているのか、聞かないの？　そんなことは興味がないのかな」

「あ、ああ、そうだったな。ごめんよ、彩恵子。お前に会えた嬉しさで、父さん、自分のことばかりしゃべっちゃったな。ごめんよ、彩恵子。教えてくれるかい？　彩恵子がどうしていたのか、もちろん知りたいよ。決まっているだろう」

「私、今、住み込みで家事代行の仕事をしてる。肌が弱いから手荒れしちゃうけど、やりがいのある仕事よ」

　父の顔から少し穏やかさが消えた気がした。

「あんまり稼げていないから、父さんに差し入れを持ってくるにも、高価な物は買えなかったの。でも、暖かそうな肌着を持ってきた」

「家事代行？　お前、そんな仕事をしてるのか。なんでまたそんなきつい仕事を。もっといい仕事はなかったのか？　顔だって可愛《かわい》いんだ。もっと稼げる仕事があっただろう」

「ないよ」

「ないわけないだろう」

「お父さん、お父さんは有名な犯罪者なの。その上逃亡犯だもの。どこに就職しても居場所がなかったよ。名前を変えて家事代行の派遣で働いて稼ぐしかなかったよ」

　父の顔からごっそり表情が抜けた。急に目つきが鋭くなったが、その表情は一秒くらいで消えた。見間違いかと思うほど、短い時間だった。

　そこから父はまた優しい、善良そうな、悲しそうな顔になって私に謝罪し続ける。

（あれ？　この人は本当に反省してる？）とうっかり信じてしまいそうな、そんな顔と口調。

「いいよ。もう謝らなくていい。謝ってほしくて来たんじゃないの。お別れを言いに来たの。親子として会うことは、たぶんもうないから。十二年間、お世話になりました」

「そんなことを言わないでおくれよ、彩恵子。やめてくれ。やっと会えたんじゃないか」

「早く罪を認めたほうが、裁判も早く進むんじゃないかな。生きているうちに塀の外に出られると思うよ」

「彩恵子、そんな。悲しいことを言わないでくれよ」

私が子供の口調でそう言うと、父がぎょっとした。

「田中《たなか》のおじさま、ピアノの発表会をまた見に来てくださいね」

「私、そういうセリフを言わされて、詐欺の片棒担がされたよね。あの頃の私は五歳？六歳だったかな。覚えていないと思ってた？　お父さん、私、全部覚えてるのよ」

「彩恵子、まさかそのこと、誰かに言ったのか？　言ってないよな？」

「これから言うつもりです。余罪も全部償ってほしいです。それを言うために今日ここに来ました。じゃあ、もう帰るね。会えてよかった。元気でね」

父が椅子から立ち上がり、仕切りの透明な樹脂の板に両手をついた。

「父さんはお前を育てるのに必死だったんだよ！　学もなけりゃ頼りになる親もいなかった。必死だった。お前を守るのに必死だったんだよ。彩恵子、父さんを見捨てるのか？」

「水川《みずかわ》刑事に聞いたよ。私が捨てられてからの十八年間、生きるために必死だったとき、お父さんはフィリピンではプール付きの豪華なマンションで暮らしていたんだってね。いいじゃない、刑務所に入って罪を償ったとしても、おつりがくる人生だと思う」

私も立ち上がり、父に頭を下げた。この世に送り出して、十二年間育ててくれた分。

頭を上げて父を見たら、父の表情が一変していた。怖い顔で私をにらんでいる。

「この、恩知らずが！」

「ふふ。やっと本当の顔を見られた。さっきまで詐欺師の顔だったもんね。じゃあ、さようなら。どうぞお元気で」

父は無言で立ち上がり、私に背中を向けた。覚えている背中より小さい背中を見送って、私も立ち上がる。涙は出なかったし、怒りも湧かない。（ずーっと抱えていた苦しみの最後は、こんなものか）という脱力感だけ。私の最後の秘密を、今夜にでも水川刑事に電話で話そう。そう思いながら建物を出ると、桂木さんが外で待っていた。

「お疲れ様。大丈夫？」

「案外あっさりしたお別れでした。気が済みました。待っていてくださったんですね」

「鮎川さんが元気なかったら、慰めるのは僕の役目ですよ」

「嬉しいです。元気になりました」

助手席に乗り、シートベルトを締めて、外を見る。この高い塀の中に父がいると思っても、心に波は立たない。私が冷たいのかもしれないけれど、（これでもう終わりなのね）と拍子抜けした。

「どうする？　どこかでお茶でもする？」

「いえ。鯛崎町のおうちに帰りたいです。あの岬のカフェでお団子が食べたいかも。桂木さんのご都合がつけば、で」

「都合はつけるものだよ。帰ろう。お団子食べて、海を眺めよう」

「ありがとうございます。桂木さんのお顔を見たら、すっかり元気になりました」

「まかせなさい。僕に直せない鮎川さんの機嫌はないよ」

「わ。なんか、モテる人のセリフですね」

「ふふふ」

　高速を走り、アクアラインのサービスエリアで温かいラテを買い、助手席でちびちび飲んでいる。

「父との再会はもっと修羅場を想像してましたけど、全然でした」

「そう。僕は鮎川さんが元気ならそれでいいよ。無理してない？」

「していません」

「それならよかった」

　鯛崎町まで、電車を乗り継ぐとかなりの時間がかかるけれど、高速だと二時間ほどであのカフェに着いた。オーナーさんは変わらない穏やかな笑顔で迎えてくれた。

「いらっしゃいませ。お好きな席にどうぞ」

「鮎川さんはどこがいい？」

「ではまたカウンター席で」

　青い海が見える席に着く。お団子とほうじ茶を二人で頼んで、味噌《みそ》クッキーも頼んだ。お団子も味噌クッキーもしみじみ美味《おい》しい。

「私、桂木さんがいてくれるから勇気を出せました。私を待っていてくれる人が誰もいなかったら、きっと会いに行けないまま、ずっと恨んで生きていたと思います」

「それは……苦しいね」

「はい。苦しいまま下を向いて生きていたと思います。誰かを憎んだり恨んだりするのは疲れますから。だから私は出会った人みんなに感謝して生きてきたんですけど、心の底では両親をとても憎んでいたんです。もう、それをしなくて済むのかと思ったら……」

「楽になった？」

「生まれ変わったかと思うほど、心が楽です。桂木さん、私を救ってくださってありがとうございます」

　桂木さんは返事をせず、ほうじ茶を飲んでいる。

　私は窓の外を眺める。岬に生えている草は茶色に枯れていて、その向こうにある冬の海は寒そうだ。

「いや、鮎川さんに救ってもらったのは僕のほうだよ。毎日が楽しいよ。ありがとうね、鮎川さん」

「私が桂木さんを救うなんて。私はなにもしていません。ただただお世話になっているばかりじゃないですか」

「違うよ。仕事に燃えて会社を大きくしたいなんて野望は、もうなかったからね。この先どうやって残りの時間を使おうかと思う日々だった。目標のない先の時間が長そうで、ちょっとげんなりしてたんだよ。精神的に疲れていたんだろうね。非常階段から飛び降りた彼女のことを思うと、僕が幸せになることは……許されないことだと思っていたし」

右隣に顔を動かすと、私の知らない桂木さんの横顔が、年齢相応の疲れが滲んで見えた。

普段はとても若く見える桂木さんの顔が見える。

「今はね、また頑張ろうって思えるよ。鮎川さんが笑っている顔や、美味しそうに食べている様子を見ていると、まだ前に進もうっていう気になる」

「シャーシャー言ってた野良猫が懐きましたものね」

「あっ。それ、根に持ってるんだね？　悪口で言ったわけじゃないのに」

「怒ってはいません。そんな可愛いたとえ方をしてもらって喜んでます」

そこでまた二人で海を見る。

「全力で鮎川さんを守るから、逃げ出さないでね」

「逃げ出す？　私は逃げ出す場所もないのに」

「鮎川さんは、同じ年代の、これから未来が広がっている人と寄り添うこともできる。そういう人を選べば、その人と長く生きていけるでしょう？　それを思うと、すごく悪いことをしているなと思う。それでも鮎川さんを手放したくないと思う自分がいて驚くよ」

この人はなにを言っているのか。そんな若い人とは付き合えないんですよ。付き合ったとしても結婚はできないんですよ。その人だけじゃなく、その人の親兄弟、親戚に迷惑をかける存在だから、私は逃げながら生きてきたんですよ。

心の中でそう思ったけれど、言葉にはしなかった。

桂木さんもたくさんの苦しい過去や出自の秘密を抱えている。きっと桂木さんも悩んだ末に、私に歩み寄ってくれたはずだ。

私は桂木さんの言葉に返事をする代わりに、カウンターに置かれている桂木さんの左手に、そっと自分の右手を重ねた。

「今夜は何を食べたいですか？　お鍋はいかがです？　鯛《たい》しゃぶにしましょうか。寄せ鍋もいいですね。鯛と水菜と、お豆腐と油揚げと……」

「いいね。鯛しゃぶ。買い物をして帰ろうか」

「はい。おうちが一番」

物語の主人公、ドロシーのセリフで返事をした。

養護施設の二人部屋で繰り返し読んでいた『オズの魔法使い』。美幸さんに「いったい何回読むのよ。好きだねえ、その本」と言われたっけ。

「おうちが一番」そう思える家がほしい、と願い続け、憧れていた十代の私。

「いいね、その言葉。おうちが一番」

「いい言葉でしょう？　大好きな、憧れのセリフです」

車に乗って、かるたの言葉を思いつく。

『る』、できました。『流浪の日々を歩いて家に帰る』どうです？」

「いい言葉です」

「さあ、お買い物をして帰りましょう。桂木さんのあのおうちに」

「またそういう意地悪を言う。鮎川さんのおうちでもあるでしょうに」

私のおうち。

優しい言葉を口の中で転がして、私は思わず笑顔になった。

優しい意地悪

「ただいま。東京は蒸していたよ。はい、鮎川《あゆかわ》さん、お土産」

「わ、おしゃれブランドの紙袋！　軽いですね。なんでしょう？」

「開けてごらん」

　私は紙袋の口を止めているテープを丁寧に爪で剝がそうと思った。私の慎《つつ》ましい収入では、このお店で買い物するのは無理だ。だからこの袋は大切にとっておきたかった。

　なのに私が丁寧に剝がしている途中で、桂木《かつらぎ》さんがいきなり手を伸ばしてきた。

　そして止める間もなくテープをベリリと剝がした。当然、紙袋の表面も一緒に剝がれてしまった。

「あっ！　なんてことをするんですか！　私、丁寧に剝がしたかったのに！」

　桂木さんは目元だけ笑っている。

「なんで笑ってるんですか。もう。汚く剝がれちゃった」

「鮎川さん、この袋をだいじに取っておこうと思ったでしょ」

「思いましたよ。こんなお高いブランドの物、買えないですもん」

「だからです。これが気に入ってくれたなら、また買ってきますから。袋なんて取っておかなくていいんです」

「それとこれとは話が……」

白い包み紙の中から出てきたのは、センスのよいスリッパが二足。真珠の白。そこにワンポイントの凝った貝殻の刺繡《ししゅう》。

「わ。おしゃれ！　上品！　この刺繡、絶対職人さんが手で刺してますよね。素材は……シルク？　うわあ、贅沢《ぜいたく》！　履き心地よさそう。桂木さん、これはもしかして」

「僕と鮎川さんのです。鮎川さんは僕とのお揃《そろ》いは嫌がりそうだなと思って。スリッパなら使ってくれるかと思って買ってきました」

「ペアスリッパ。いいですね。仲良しさんて感じで」

「履いてみて」

小さい方を履いてみると、想像以上に履き心地がいい。

「可愛《かわい》い上に履き心地最高です。踵《かかと》がすべすべになりそう」

「鮎川さんの踵はつるつるでしょうよ」

「……」

「あっ、これはセクハラだった？」

「他の女性にも言ってなければ、問題なしです」

「言いませんよ。僕がそんなこと、他で言うわけがないでしょうに」

いや、なんだっけ、以前、なにかすごく甘いことを言われた覚えがある。まだ互いに距離があって、完全に雇い主と従業員だけの関係だったときだ。

「険しい顔してどうしたの？　僕があちこちで女性にセクハラしていると思ってるの？」

「ちょっと待ってくださいね。たしか前に……思い出しました！　桂木さんは『あなたのご両親は美人さんをこの世に送り出したね』って言いましたよ」

「ああ、そんなこと言ったかも。本当のことだから、いいでしょう？」

桂木さんが大きいサイズのスリッパを手に、台所へと移動した。台所の壁に引っ掛けてあるハサミでタグを切り取っている。私の方に腕を伸ばして「ん」と言う。

「え？」

「スリッパを貸してください。タグを切るから」

「あっ、はい」

履いていたスリッパを差し出すと、丁寧に切って、小さなタグピンをゴミ箱に捨てた。

桂木さんは仕事が丁寧だ。私はたいてい切った白いプラスチックを見失うのだが。

「あなたのことを美人だと思ったからそう言ったんです。嘘《うそ》をついてあなたのご機嫌を取る理由がないでしょ？」

思わず苦笑した。深山奏《みやまそう》が『あそこまで整った顔だと、相手の顔に美しさは求めないんだと思う』と言った言葉は今もきっちり覚えている。腹は立てていない。今、「深山奏は真実を言い当てていた」と感心している。

私の顔をチラリと見た桂木さんが「おいで」と言って私の手を引いてソファーに座った。私は隣に座らされた。

「お化粧をして頑張っている女性は偉いと思う。努力も認める。でも、鮎川さんは最初に会ったとき、お化粧してなかった」

「眠っているときに焼け出されましたから。しかも徹夜で外に立っていたから、さぞかし疲労困憊《ひろうこんぱい》の顔だったでしょうね」

「それでも紗枝《さえ》さんは凛《りん》としていたよ。凛としているって表現は、こういう人のことだなと思った。何度もね。あなたの美しさは、心から滲《にじ》み出る美しさだよ」

何度も瞼《まぶた》をパチパチしてしまった。(それは良く捉えすぎでは?)と心でツッコミを入れてしまう。

「修道女や尼さんに通じる美しさです」

「いやいや、桂木さん、それはさすがに」

「あなたは欲がない。物欲を手放している。物欲、出世欲、名誉欲、金銭欲。出会った頃の鮎川さんは、全てを放棄している人に見えたよ」

そう言いながら桂木さんが立ち上がり、台所でコーヒーを淹《い》れだした。最近は、こういうときに私は手を出さないのがルールだ。「自分でやりたいからやっているのです。それを横から取り上げないで」と言われている。ちなみに、カップを洗うのは食洗機だ。

「桂木さん、私はミルクたっぷりでお願いします」

「はい、了解」

最近の私は、こんな注文までつけるようになった。かなり何度も桂木さんとやりとりをした結果だ。「桂木さんの好みに淹れてくだされば」と遠慮していた私に「せっかく鮎川さんのために飲み物を用意するんだから、中途半端に気を遣わないでよ。きちんと好みを言ってほしい」と要求されたのだ。桂木さんはそういうとき、絶対に譲らない。

レンジのボタンを五十度に設定して牛乳を温め、それをコーヒーに加えている桂木さんは、フランスのカフェのマスターみたいだ。ギャルソンが使うウエストから下だけの黒いエプロンが似合いそう。

「はい、お待たせ」

「ありがとうございます。いただきます」

酸味の少ないコーヒーにたっぷりの牛乳。隣にぴったりくっついて座る桂木さん。窓の外には手入れの行き届いた芝生。ここは極楽だ。

芝生の管理は桂木さんが担当している。なぜか電動芝刈り機ではなく、手押し式の芝刈り機を押して、刈った芝を、これまた熊手で集めて袋に詰める大仕事だ。

「桂木さん、このおうちはほとんどの家事を家電がこなしているのに、なんで芝刈りだけは手動なんですか？」

「ああ……運動を兼ねているのと、芝生は病気や虫の状態をチェックしなきゃならないから。それと、芝は生きているからね。大切にしてやらないとご機嫌を損ねるんです」

「芝のご機嫌……」

「鮎川さんはほとんどご機嫌を損ねることがないから、物足りないです。芝生のほうがよっぽど手がかかる」

コーヒーを噴きそうになった。そうね。私、ご機嫌を損ねるなんて、これまでの人生では、ありえなかったからね。

「大切な人のご機嫌を取るのも男の楽しみですから。もっとわがままを言ってください」

「考えておきます」

そう答えると、ブラックコーヒーを飲んでいる桂木さんが、話し始めた。

「鮎川さんみたいに何も要求しない人はね、男の側からすると怖くもあるんですよ。この前なんか、家事仕事の報酬はいらないって言い出したし」

「今は仕事として家事をしているわけではないから……」

「だめです。ちゃんと家事仕事の分は受け取ってください。鮎川さんのそういう気持ちはありがたいけど、怖くもあるんです」

「怖いって。いったいどうしてです？　こんな大人しい人間をつかまえて」

「大人しいからですよ。何も要求しない。文句も言わない。ひたすら尽くしてくれる。でもね、大人しくて何も文句を言わないことと、何も思っていないことはイコールじゃない。ある日突然、『やっぱりもういいです』って僕に愛想を尽かして出て行かれるんじゃないかって恐れることがある」

違うのに。

私は今、生まれて初めて手にしたこの幸せを味わうのに忙しいのだ。そして毎日が幸せで嬉《うれ》しくて、（この世にこんなに平和で幸せな生活があるのか、これは夢じゃないのか）と桂木さんに感謝しているのだ。この上家事仕事のお金まで貰《もら》っていいのか？と思っているのだ。

「鮎川さん？　どうかした？」

「わかりました。では、桂木さんが心配しないで済むように、言いたいことを言います」

「ぜひ」

「ではさっそく。次からおしゃれなお店の紙袋のテープを乱暴に剝がすのはやめてください。さっき、ちょっと本気で腹が立ちましたから」

「……そんなこと？」

「そんなことがだいじなんです」

桂木さんは呆《あき》れたような顔だったが、笑い出した。

「わかりました。次からはあなたが袋を開けるまで、手を出しません」

「そうしてください」

コーヒーを飲み終えた。立ち上がってカップを片付けようとしたら、声をかけられた。

「鮎川さん、言いたいことは抱え込まずに言葉にして言ってください。以前の僕は誰かのことを知ろうとすることも、僕のことを知ろうとする人も避けていました。けれど今、僕は鮎川さんのことを知りたいと思っています。もちろんあなたが言いたくないことまでは聞いたりしないけれど、あなたが何を考えて何をしたいのか知りたいと思う自分がいて驚いています」

「桂木さん、『あなたのことを知りたい』には別の意味があるんですよ」

「別の意味って？」

「高校の古文の先生が教えてくれたんです。昔、あなたのことを知りたいという言葉は、とあることと同じ意味だって」

「古文は苦手中の苦手です。焦《じ》らさないで教えてくれる？」

「教えません」

「そんな」

桂木さんが美しい顔で困っている。私は笑って優しい意地悪をした。

深山奏とカニ

深山奏《みやまそう》が、今日もカニを持ってこの家にやって来た。発泡スチロールの箱を抱えてこの家に入ってくる深山さんを見ると、桂木《かつらぎ》さんが毎回首を傾《かし》げる。

「深山君さ、なんで毎回カニを持ってくるようになったんだっけ？　僕、カニを嫌いではないけど、それほどカニが大好きってわけじゃないのに。この前も言ったでしょ？」

「そうですけど。カニを持ってきたとき、『君、いい仕事したよ』って、桂木さんおっしゃったじゃないですか。『今度は褒められるかも』って、カニを見るとつい買ってしまうんです」

「褒められたかったら、本業で結果出す方向で頑張ってよ。実は、あれはね、そうじゃないんだよ。仕方ないなあ、本当のことを教えてあげようかな」

「本当のことってなんです？」

「深山君が初めて鮎川《あゆかわ》さんに会って自己紹介したときに、自分のことを僕の家来だっていったでしょう？」

「言いました。家来って言葉を使うと、受けがいいんで」

「あのときにね、鮎川さんが本気の笑顔になったんだよ。鮎川さんは心から笑うとえくぼができる。愛想笑いだとできない。それを深山君の言葉で知ったんだ」

「あー、そういうことでしたか。なぁんだ、それならそうと早く教えてほしかったですよ。車内が生臭くなるのを我慢してカニを運んでいたのに」

「君に意地悪したわけじゃないんだけど。鮎川さんのえくぼの話はしたくなかった」

「はいはい、わかります。独占欲ですね。僕は嬉しいです。桂木さんがそういう人間らしい感情を見せてくださって」

「僕はいつだって人間らしいでしょうよ。それと、独占欲って言わないでよ。気持ち悪いでしょうよ」

「いいえ、独占欲です。僕は桂木さんがあまりに寛大で、優しくて、懐が深くて、仏様みたいに他人に優しいから、逆に心配していました。桂木さん自身は、誰かに優しくしてもらってるのかなって、僭越《せんえつ》ながら思ってましたよ」

「今は鮎川さんがいるから、そんな心配はしていませんけどね」

「誰かに優しく、ねえ」

私はずっとグレープフルーツの皮を剝《む》きながら、黙って二人のやり取りを聞いていた。

そして、『本気で笑うとえくぼができる』ということに自分でも気がついていなかったから、桂木さんの言葉に驚いている。

そうか。以前私が踏み込んだ話をしたくなくて、作り笑いで話し合いを終わりにしようとしたとき、桂木さんが結構怒っていた。『もっと本音を言いなさい』とか『どうしてそこで意見を言わずに引くかな』という雰囲気だった。

それはたいてい私が身体《からだ》に染み込んだ遠慮癖を出したときで、注意されて初めて（あ、そう言われたら私、無意識に意見をのみ込んでた）と気がつく場面ばかりだった。

だから桂木さんは、人の感情を読み取るのが上手な人だと思っていたけれど。

「なんだ、えくぼで見破っていたんですね」

思わず声に出して納得してしまった。

「ほらぁ、深山君。鮎川さんにバレちゃったじゃないか。鮎川さんには知られたくなかったのに」

「申し訳ありません！」

「それ、申し訳ないと思っていない人の言い方だよ」

そこできれいに薄皮まで取り去ったグレープフルーツをテーブルに運んだ。

「グレープフルーツ、どうぞ召し上がれ」

「ありがとうね。僕、これ大好きだよ。グレープフルーツは面倒だから食べようと思わなかったけど、こうして剝いてもらって食べると美味《おい》しいよ」

「こんなことならいくらでも。深山さんもどうぞ」

深山奏は、デザートフォークを使わず、指で摘まんで口に入れた。

「あ、ほんとですね。旨《うま》い。いくらでも食べられそうな」

「いくらでも剝きますから、ジャンジャン食べてください」

「そうだ、そういえば鮎川さんの書いたアプリの説明文、わかりやすいって評判いいです。やっぱり文章を書き慣れている人は違いますね」

「文章を書き慣れているのもあるかもしれませんが、私があいうアプリに慣れていないからかもしれませんね。完全にユーザー側の視点で書きましたから。あのアプリの説明文は、操作に疎い私でも理解できるように書きました」

「助かります。僕も深山君も、つい開発者の視点で書いてしまうからね」

「あのアプリのユーザーはシニア層が多いと聞きましたので。年齢が高い方は、新しい物を使いこなす手間を億劫《おっくう》に思うことを知っていましたから」

「あ、そっか。家事代行業のときに学んだんだね？」

「はい」

桂木さんと深山奏は、それから仕事の話になり、私は台所で煮魚を作ることにした。

深山奏に持ち帰ってもらおうと、たくさん煮た。

深山奏が帰って行ったあと、桂木さんが、ちょっと不満そうだ。

「鮎川さん、深山君に煮魚の他にもなにか渡してた？」

「はい。冷凍しておいた炊き込みご飯のおにぎりと、切り干し大根とさつま揚げの煮物を。だめでしたか？」

「だめじゃないけど。独身の深山君を甘やかすと、恋人ができなくなります」

「そうなんですか？　関係ありますか？」

「関係あるよ。不自由で、ふとしたときに寂しくて、そんなときに何気ない縁があった女性に好意を持つものじゃない？　男って」

「あれ？　まさか桂木さん、やきもちですか？」

「違います。いや……違わないかも。うわ、みっともないこと言ったか」

「嬉しいです。やきもちウエルカム」

「鮎川さんはやきもち焼かなさそう。強い人だからなあ」

そこまで言って、私が微笑《ほほえ》んでいるのに気づいた桂木さんが、慌てた。

「ごめん、強くないとやってられなかったんだね。無神経なことを言いました」

「怒ってません。実は私もちょっとだけやきもちを焼いたことがあります」

「えっ。それ、いつ？　誰に？」

「言いません」

さすがに『桂木さんの若い時期を見ることができた人全員が羨ましいです』なんて、恥ずかしくて言いたくない。でも高校大学、若手ビジネスマンだった頃の桂木さんを見てみたかったのは本当だ。桂木さんは写真を撮られるのを好まないので、写真が全然ないらしい。本当に残念。

「いやいや、聞き捨てならない。誰に何を嫉妬したの？」

「言いませんよ」

笑ってそう返事をして、夕飯を作り始めた。今夜はほうれん草の黒ゴマ和《あ》えとイワシの梅干煮、ポテトサラダ、長芋のワサビ醤油《しょうゆ》漬け、ナスの煮びたし、それと春キャベツと油揚げのお味噌汁《みそしる》だ。

「美味しいです僕はね、あなたのおかげで毎日がとても幸せです」

「私もです」

「夕飯を食べ終わったら、少し外を歩きませんか？」

「はい、ぜひ」

夕飯のあとの夜散歩は、最近の私たちの日課だ。

おしゃべりしながらのんびり歩く。手をつないでのんびりと、今まで歩いたことがない道を選んで歩く。夜のお散歩を始めてから、たくさんの発見をした。

駅向こうのお肉屋さんはコロッケが美味しいこと、おはぎ専門店があること、手焼きせんべいのお店があること。桂木さんは醤油味の硬いおせんべいが大好きなことも知った。

私は今、桂木さんについて知りたいことがたくさんある。

桂木さんと猫

二人で夕食後の散歩をしていたら、黒猫が道端に座り込んでいるのに出会った。神社の入り口にいるところを見ると、神社の猫なんだろうか。

私がしゃがみ込んで声をかけるのを、桂木《かつらぎ》さんは黙って見ている。

「猫ちゃん、こんにちは。あなた、野良猫なの？　それとも神社の猫なの？」

猫はいつでも逃げ出せるような姿勢になって、私を見ている。

「触ってもいい？」

そう言ってゆっくり腕を猫に向かって伸ばしたら「シャーッ」と威嚇して逃げてしまった。

「嫌われました」

苦笑しながら桂木さんに言うと、桂木さんはいつもの感情が読めない感じの笑顔で私を見ている。

「なんですか。野良猫が野良猫に嫌われたと思っているんですか」

「鮎川《あゆかわ》さんはもう野良猫じゃないです。家猫です」

「私、まだ猫なんですね」

「だいじなだいじな僕の猫ですよ。最近やっとシャーと言わなくなったところです」

「ええええ……」

照れる。桂木さんはこういうことをサラリと言うところが要注意だ。猫は離れた場所から私たちを見ている。

「警戒心の強い外猫に触るときは、焦ってはだめです」

桂木さんは近くに生えている草を引き抜いてからしゃがみ込むと、猫を見ずに草を揺らした。

猫はしばらく桂木さんの手元をみていたが、そのうち我慢できずに一歩、また一歩と近寄ってくる。

「僕のところまでおいで。なにもしないよ」

桂木さんの声はどこまでも優しい。その声の調子は聞き覚えがあった。どこで聞いただろうか。草を揺らしながら猫に声をかけている桂木さんを見ながら記憶を探る私。

少しして思い出した。火事で焼け出された直後だ。

『おなかも空《す》いたでしょう？　お茶とパンしかありませんが、よかったらどうぞ』

そうだ、あのときの桂木さんは、今と同じように優しく穏やかな声で私に食べ物を出してくれたっけ。

猫は少しずつ近寄り、最後はタタッと小走りになった。そして桂木さんが揺らしている草にじゃれついた。

桂木さんが『どう?』という表情で私を見上げた。その顔がいわゆるドヤ顔。桂木さんがそんな顔をするのは初めて見た。イケオジのドヤ顔は相当な破壊力がある。

私は猫を驚かさないように声を出さずに笑った。なんだかとてもおかしくて、おなかを押さえて笑い続けていたら、桂木さんは静かに立ち上がって「なあに? そんなに面白いことあった?」と言う。

「桂木さんのドヤ顔が可愛《かわい》くって」

「僕? ドヤしてましたか?」

「してました」

猫は姿を消してしまった。

「さあ、散歩の続きに行きましょう」

「はい」

再び歩き出しながら、また思い出し笑いをしてしまう私に、桂木さんは目で『なあに?』と尋ねてくる。

「私、思い出したんです。火事の直後、桂木さんが美味しいお茶とパンを勧めてくれたときの声、さっき猫に話しかけたときとおんなじ感じの声でした」

「そう？　僕、なんて言ったかしら。覚えていないな」

『おなかも空いたでしょう？　お茶とパンしかありませんが、よかったらどうぞ』って言いました。その声の調子が他意を全く感じさせなくて、『この人は安心できそうだ』と思った気がします。本当に優しそうな、善意の声でした」

「よく言葉まで覚えているね」

「私、印象に残っている言葉は忘れないんです」

海沿いの県道にはところどころ海岸に下りる階段が設置されている。

「下りてみる？」

「はい」

夜は海と空の境目が見えない。膨大な量の黒い水の平原だ。

「海って、昼間は美しいですけど夜は怖いですね」

「うん。鮎川さん、泳ぎは？」

「プールで二十五メートルがやっとです」

「そうか。じゃあ、海で泳ぎたいときは必ず僕が一緒のときにしてくださいね」

「桂木さんは？　水泳が得意なんですか？」

「わりと得意ですよ。プールでなら二千メートルくらいは泳げます」

「えっ！」

「海では、そうだなあ、荒れていなければそこそこかな」

「東京のお生まれですよね？」

「うん。でもジムのプールでは長年泳いでる」

「いつです？　この町にジムなんてありましたっけ？」

「東京に用事があるときは欠かさず泳いでますよ」

「ああ、それで毎週二回か三回は東京に行っているんですか？」

「違いますよ。仕事のついでに東京に行って、そのついでに泳いでいるんです。身体《からだ》が衰えるのはあっという間だからね」

「桂木さん、おなかとか全然出ていないですもんね」

「嫌でしょ？　おなかが出ているおじさん」

「んー、桂木さんなら別に」

「嘘《うそ》おっしゃい」

「嘘ではないです。でも、そうですね、おなかが出ている桂木さんより、今のスラッとしている桂木さんのほうが好ましいかもです」

「そうでしょうよ。でもね、僕は鮎川さんがもうすこしお肉がついても気にしませんよ」

「私が嫌ですよ」

私たちは靴が濡《ぬ》れない場所に立って会話をしていたのだけれど、突然波が押し寄せてきた。

「わわっ」

慌てて後ろに下がろうとした私がバランスを崩して仰向けに倒れかけた。

(全身がびしょ濡れになっちゃう!)

だがそうはならなかった。桂木さんが素早く私の背中に腕を回して支えてくれた。

「ありがとうございます」

「危ないところだった」

「ほんとに」

背中に回された腕が離れないので別の意味で慌てた。桂木さんはそのまま私をそっとハグしてくれた。

「少しだけこうしていてもいい?」

「はい」

桂木さんの心臓はゆっくり動いていて、私の心臓だけすごく速く動いていて恥ずかしい。

唐突に私を包んでいた桂木さんが離れて、手をつながれた。

「さあ、次の波が来る前に戻りましょう」

「はい」

階段を上がり、また県道を歩き出した。私の心臓はまだドキドキしている。

「鮎川さんはしっかりしていてなかなか僕の出番はないけれど、僕の出番があったら躊《ちゅう》躇《ちょ》しないつもりです」

「やっとシャーシャー言わなくなった猫ですもんね」

「そうです。だいじな僕の猫です」

私たちは二人同時に笑い出した。

幸せな気分で家に向かって歩き、二人で「ただいま」と言い合いながら家に入る。

「僕がお茶を淹《い》れますよ。お茶はなにがいいですか？」

「緑茶をお願いします」

「じゃあ、僕も緑茶にしようかな」

桂木さんは手際よく緑茶を淹れて、冷凍庫から何かを出してレンジに入れた。

「頂き物の和菓子があったのを思い出しました」

「和菓子？　冷凍庫にありましたっけ？」

「うん。これ」

桂木さんが見せたのはコーヒーの粉をいつも買っている店の紙袋だ。

「ああ、それは和菓子だったんですか」

「うん。羽二重餅の中に粒あんが入っているんです」

「うわ、美味《おい》しそう」

「鮎川さんが絶対に好きそうだなと思って東京で買いました」

東京にいるときに私のことを思い出してくれていることに嬉《うれ》しくなってしまう。

「東京にいるときも、ちゃんと鮎川さんのことを思い出していますよ」

「わ。びっくりしました。どうして私の考えがわかるんですか？　桂木さんはいつも怖いぐらい私の考えを言い当てますよね？」

桂木さんは緑茶とレンジから出した羽二重餅を並べながら微笑《ほほえ》んだ。

「他の人の前ではどうなのかわからないけれど、僕といるときの鮎川さんは、考えていることが丸わかりですよ」

「前もそうおっしゃっていましたよね」

「わりと早い段階で、僕は鮎川さんの心が読めるようになりましたから」

「えくぼとか？」

「えくぼもだけど、ちょっとした視線の動きとか。唇の端がわずかに上がったり下がったり」

「なんだか、なんだか恥ずかしいです！」

「あっはっは。そういうわかりやすいところが可愛らしいのに」

二人で粒あん入りの羽二重餅を食べた。

「うん、これは美味しい」「美味しいですね」と感想を述べ合い、お茶を飲んで満足した。

「僕は鮎川さんの心が読めますから、鮎川さんのご機嫌が悪いときは、僕がすぐに直してみせます」

目元を微笑ませて、桂木さんは私を見ている。その表情が色っぽくて、私はまたドキドキしてしまった。

「はい。私の元気がなかったら、桂木さんに甘えます。甘えさせてくださいね」

「ええ、好きなだけどうぞ」

桂木さんが微笑んだ。いつも桂木さんの笑顔のときの感情が読めない私だけれど、今はわかる。桂木さんは私をとても大切に思ってくれている。

海辺の町で仕方なく始まった間借り暮らしは、いつの間にか幸せで、穏やかで、心が満たされる甘い生活に変わっている。

お便りはこちらまで

〒一〇二―八一七七
富士見L文庫編集部　気付
守雨（様）宛
水輿ゆい（様）宛

富士見L文庫

海辺《うみべ》の町《まち》で間借《まが》り暮《ぐ》らし

守雨《しゅう》

2023年10月15日　初版発行

発行者　山下直久
発　行　株式会社 KADOKAWA
〒102-8177　東京都千代田区富士見2-13-3
電話　0570-002-301（ナビダイヤル）

印刷所　株式会社暁印刷
製本所　本間製本株式会社
装丁者　西村弘美

定価はカバーに表示してあります。

●お問い合わせ
https://www.kadokawa.co.jp/（「お問い合わせ」へお進みください）
※内容によっては、お答えできない場合があります。
※サポートは日本国内のみとさせていただきます。
※Japanese text only

ISBN 978-4-04-074913-6 C0193